目次——愚劣　百万石の留守居役（十四）

金沢・江戸間の街道図

地図作成／ジェイ・マップ

〔留守居役《るすいやく》〕

主君の留守中に諸事を采配《さいはい》する役目。人脈をもつ世慣れた家臣がつとめることが多い。参勤交代が始まって以降は、幕府や他藩との交渉が主な役割に。外様《とざま》の藩にとっては、幕府の意向をいち早く察知し、外様潰《つぶ》しの施策から藩を守る役割が何より大切となる。

〔加賀《かが》藩士〕

藩主
前田綱紀《まえだつなのり》

人持《ひとも》ち組頭《くみがしら》七家（元禄《げんろく》以降に加賀八家）——人持ち組——平士
本多安房政長《ほんだあわまさなが》（五万石）筆頭家老
長《ちょう》　尚連《ひさつら》（三万三千石）国人出身
横山玄位《よこやまはるたか》（二万七千石）江戸家老
前田孝貞《たかさだ》（二万一千石）
奥村時成《おくむらときなり》（一万四千石）奥村本家
奥村庸礼《やすひろ》（一万二千四百五十石）奥村分家
前田備後《びんご》直作《なおなり》（一万二千石）

平士
瀬能数馬《せのうかずま》（一千石）
ほか

平士並《なみ》——与力（お目見え以下）——御徒《おかち》など——足軽など

〔第十四巻『愚劣』――おもな登場人物〕

瀬能数馬《せのうかずま》　祖父が元旗本の加賀《かが》藩士。若すぎる江戸留守居役《るすいやく》として奮闘を続ける。藩主綱紀《つなのり》のお国入りを助け、将軍家から召喚された本多《ほんだ》政長《まさなが》と江戸へ。

本多安房《あわ》政長　五万石の加賀藩筆頭宿老《しゅくろう》。家康《いえやす》の謀臣《ぼうしん》本多正信《まさのぶ》が先祖。「堂々たる隠密《おんみつ》」。

琴《こと》　本多政長の娘。数馬を気に入り婚約、帰国した数馬と仮祝言《かりしゅうげん》を挙げる。

本多主殿政敏《とのもまさみち》　政長の嫡男《ちゃくなん》。部屋住みの身。

刑部一木《おさかべいちもく》　本多家が抱える越後忍《えちごしのび》・軒猿《のきざる》を束ねる。体術の達人。

佐奈《さな》　琴の侍女。刑部の娘。加賀藩邸を襲撃した無頼の武田《たけだ》四《し》郎《ろう》に惚《ほ》れられる。

木下三弥《きのしたみや》　老中大久保加賀守家の留守居役。

村井次郎衛門《むらいじろうえもん》　加賀藩江戸家老。お国入りしている藩主綱紀の留守をあずかる。

横山大膳玄位《よこやまだいぜんはるたか》　加賀藩元江戸家老。加賀藩江戸藩邸襲撃の件で、国元へ帰参した。

横山内記長次《ないきながつぐ》　玄位の大叔父《おおおじ》。五千石。幕府直参《じきさん》の寄合旗本。

前田対馬孝貞《まえだつしまたかさだ》　加賀藩国家老。宿老本多政長の留守を託される。

前田綱紀　加賀藩五代当主。利家《としいえ》の再来との期待も高い。二代将軍秀忠《ひでただ》の曽孫《そうそん》。

大久保《おおくぼ》加賀守忠朝《ただとも》　老中。本多家とは代々敵対してきた。

堀田備中守正俊《まさとし》　老中。次期将軍として綱吉擁立《つなよしようりつ》に動き、一気に幕政の実権を握る。

徳川《とくがわ》綱吉　四代将軍家綱《いえつな》の弟。傍系ながら五代将軍の座につく。綱紀を敵視する。

愚劣

百万石の留守居役（十四）

第一章　勝者と敗者

一

加賀《かが》前田《まえだ》家百万石の筆頭宿老、本多《ほんだ》安房《あわ》政長《まさなが》が金沢から出府してきた。

江戸でこのことを知らない者はいないほどの噂になっていた。

「何をしに来た」

「おとなしく、金沢で朽ち果てればよいものを」

旗本、大名の多くは、本多政長の祖父正信《まさのぶ》が振るった辣腕《らつわん》を思い出して、苦い顔をした。もちろん、本多佐渡守《さどのかみ》正信が生きていたころのことを知っている者は少ない。いや、もういないといえるが、それでも怖れられるほど、本多正信の印象は強烈であった。

た。


「どのようなお話をしたのであろうか」

本多政長に五代将軍徳川綱吉《とくがわつなよし》が目通りを許したことも話題になっていた。

二人の遣り取りを小姓《こしよう》や小納戸《こなんど》は聞いているが、それを他に漏らすことはなかった。


「決して、お役目において見聞きしたことを漏らさず」

小姓、小納戸は、お役目に就《つ》くにあたり、誓書を差し出している。

もし、漏れるはずのない本多政長と綱吉の会話が外へ出たならば、当日当番だった小姓と小納戸はまずいことになる。

「下城を禁じる」

目付《めつけ》が出張ってきて、小姓、小納戸を禁足、手厳しい取り調べが始まる。

秋霜烈日《しゆうそうれつじつ》を地でいく目付は、容赦がない。名門といわれる旗本の家に生まれ、そつなく育ってきた小姓、小納戸に耐えられるような甘いものではない。

「つい、親戚に」

「出入りの商家が聞きたがったゆえ」

「妻にねだられて」

理由はどうあれ、誓書を破ったことには違いがなかった。

「改易《かいえき》のうえ、切腹申しつけるものなり」

将軍の側には天下の大事、徳川の秘事が転がっている。勘定方《かんじょうかた》が米の相場を早めに札差《ふださし》へ告げるのとは違う。

「少しだけでよいのだがの」

「おぬしから聞いたなどとは決して言わぬ」

辣腕を振るって、関《せき》ヶ原《はら》の合戦を起こし、徳川家康《いえやす》を天下人にしただけでなく、豊《とよ》臣《とみ》を滅ぼし、有力な外様大名をいくつも潰した本多正信の孫と将軍が、どのような話をしたのか、知りたがる者は多い。

あの手この手で小姓や小納戸を籠絡《ろうらく》しようとしても、首が飛んでは話にならない。

「なにも知りませぬ」

「聞いてはおりませぬ」

小姓も小納戸も固く口を閉じて、欠片《かけら》も匂わせようとはしなかった。

おかげで、より一層、興味が湧く。

「まさかと思うが……」

外様大名のなかには、恐怖を感じる者も出ていた。

「初代さまの行状が、今ごろに」

本多正信と徳川家康が生きていたころ、始祖が犯した失策を思い出した大名たちの子孫が震えあがった。

すでに八十年近いときが過ぎているとはいえ、権力者にとってそのようなものなんの障害にもならない。

「初代某について、御上に思われるところこれあり、城地を取りあげ……」

明日、こう言い出されても文句は言えないのだ。

「城中で知られねば、加賀の者に頼るしかない」

「加賀の留守居役を招き、どのようなことでもよい。聞き出せ」

こうして、加賀藩前田家の留守居役は一気に忙しくなった。

「わかっているな。酒を飲むなとは言わぬ。接待を受けておきながら、箸も付けぬ、盃《さかずき》も干さぬであっては、相手方の顔を潰す」

加賀藩留守居役肝煎《きもいり》六郷《ろくごう》大和《やまと》が、配下たちを集めて注意をしていた。

「だが、酔うな。酔って下手なことを口走れば、お家が危なくなる」

六郷大和が、全員の顔を見回した。

「吉原《よしわら》も行ってよいが、妓《おんな》との睦言《むつごと》は禁じる。妓は敵だと思え。なにか言えば、それは相手に伝わる」

留守居役ならば知っていなければならない常識を、あえて六郷大和がもう一度念押しした。

「後、明日の朝には、どこの接待で誰が出てきたか、見世《みせ》はどこで、料理はどのくらいのものであったか、妓がいたときはどこの所属で名前はなにか、そしてなにを話したかを書いて出せ」

六郷大和が留守居役たちに要求した。

「大騒動よな」

留守居役でも老練になる五木《いつき》が、六郷大和に話しかけた。

「まったくだ」

六郷大和がため息を吐《つ》いた。

「だが、文句は言えぬ。本多安房さまの御機転で、当家は咎《とが》めを避けられた」

「江戸家老どのの失策を、見事に助けられたというより、旗本横山長次《よこやまながつぐ》を排除できるというお手柄《てがら》を立てられた」

安堵した六郷大和に五木も同意した。

横山長次は、加賀藩の元江戸家老筆頭横山玄位《はるたか》の分家になる。加賀藩前田家最大の危機ともいうべき、二代利長《としなが》の謀叛疑惑を徳川家康相手に晴らして見せた功臣横山長《なが》知《ちか》の息子で、旗本五千石の当主である。

横山玄位が若く、まだ策略や政《まつりごと》になれていないのに付けこみ、加賀藩前田家の力を削《そ》いで、幕府の覚えをめでたくし、出世をしようと横山長次は、酒井雅楽頭忠清《さかいうたのかみただきよ》、大久保加賀守忠朝《おおくぼかがのかみただとも》と権力者の間を渡り歩いていた。

「そういえば、おぬしはどこじゃ」

「拙者は米沢《よねざわ》だの」

「上杉《うえすぎ》か。なるほど、関ヶ原で徳川に逆らった傷はまだ塞《ふさ》がっておらぬな」

五木の答えに六郷大和がうなずいた。

「六郷どのは、どちらでござる」

「儂《わし》は真田《さなだ》じゃ」

「そちらも関ヶ原でござるか」

五木が苦笑した。

「おぬしは信用しておる。が、十二分に気を遣ってくれるよう」

「承知いたしております」

加賀藩江戸屋敷の留守居役を仕切っている二人が顔を見合わせた。

「そういえば、瀬能《せのう》は」

ふと五木が思い出した。

「あやつは、本多さまに付けた」

「それはなによりでござる」

六郷大和の答えに、五木が首肯《しゅこう》した。

「では、明日」

五木が先に留守居役控えを出ていった。


加賀藩留守居役瀬能数馬《かずま》は、長屋で岳父《がくふ》本多政長と向き合っていた。

「まったく、情けない限りである」

本多政長が、己の江戸案内係として留め置かれている数馬に嘆息した。

「この事態のときに、留守居役としての本分も果たさず、老人の相手をしているとは、未熟である」

「申しわけもございませぬ」

叱られた数馬が頭を下げた。

「そなたを宴席に出せば、碌《ろく》なことを言わぬと六郷どのより案じられたということは、いまだ一人前でないと判断されたのである」

「…………」

この騒動の原因を作った本多政長から、あきれられた数馬は黙るしかなかった。

「よいか、藩を守るのが留守居役の役目じゃ。こういうときこそ、表に立って相手を翻弄《ほんろう》し、こちらの思うように動かす好機なのだぞ」

「はあ」

本多政長の続く説教を、数馬は反論せず聞いた。

「……精進いたせ、数馬。でなくば、琴《こと》の尻に死ぬまで敷かれることになるぞ」

琴とは本多政長の娘で、先日数馬と仮祝言《かりしゅうげん》を交わしたばかりである。まだ本祝言をおこなっていないため、国元金沢に残してきていた。

「努力をいたしまする」

「うむ」

半刻《はんとき》（約一時間）をこえて、ようやく数馬は解放された。

「さて、出かけるぞ」

本多政長が腰を上げた。

「どちらへ」

騒動のもとが出歩くと言い出したことに、数馬が息を呑んだ。

「せっかく、娘婿を付けてくれたのだ。江戸見物に決まっておろう」

いけしゃあしゃあと本多政長が告げた。

加賀藩江戸上屋敷は本郷《ほんごう》にある。本郷は、江戸城の北にあたり、御三家水戸《みと》家の屋敷などの大名屋敷と旗本屋敷が多く、静かなところであった。

「どこをご見学に」

「まずは、神田明神《かんだみようじん》からじゃ。ほれ、立たぬか」

尋ねた数馬を促しつつ、本多政長が先に立って歩き出した。

「屋敷は近くにあるが、来たことがなくての」

本多政長が述べた。

「江戸へは、何度お見えになられました」

「二度じゃ。一度は家督相続のことで三代将軍家光《いえみつ》さまに御拝謁《ごはいえつ》を賜ったとき、二度目は、二十八歳だったか、二十九歳だったかのときに、御上より江戸城の修復お手伝いを命じられてだったたな」

数馬の問いに、本多政長が言った。

「江戸城の修復お手伝い……」

聞いた数馬が驚いた。

江戸城や寛永寺《かんえいじ》、増上寺《ぞうじょうじ》などの修復、街道の整備、これらを幕府が大名に命じることをお手伝い普請《ふしん》と呼んだ。

お手伝い普請は、基本として、その費用、人手、材料等は命じられた大名の負担となる。もともと外様大名たちの財産を費《つい》えさせるために、幕府が始めたものだけに、石高や格式によって、お手伝い普請の規模は変わる。

本多家は五万石を食《は》んでいるとはいえ、陪臣《ばいしん》にお手伝い普請をさせるのは極めて異例であった。

「厳しいものであったぞ。金沢から人足を呼べば、その代金は抑えられるが江戸への往復、滞在の費用がかかる。かといって江戸で雇えば、金もかかるし、嫌がらせもされる」

「嫌がらせでございますか」

「そうだ。留守居役として知っておけ。お手伝い普請には、かならず御上から目付役が出される。普請奉行だったり、作事《さくじ》奉行であったりするが、そやつらは敵じゃ」

「敵とは、また」

吐き捨てた本多政長に、数馬が目を剝《む》いた。

「敵よ。できあがったときに、これでいいかどうかを判断するのも、目付役である作事奉行らなのだが、いろいろと文句を付けてはやり直しを強要するのだ。強要くらいならば、まだしも、酷《ひど》いときは、普請奉行が配下に命じて、修復した場所をもう一度壊したりしおる」

「それはあまりに……」

幕府の役人、それも要職にある者が、そのようなまねをするとは思えないと数馬が否定しかけた。

「ふん」

本多政長が鼻で笑った。

「御上を信用してはならぬ」

「……………」

断言した本多政長に、数馬が絶句した。

「そもそも徳川は、大名たちの盟主でしかない。豊臣家が作りあげた泰平を乗っ取って、天下人という顔をしているだけじゃ」

「な、なにをっ」

本多政長の口から出た言葉に、数馬が顔色を変えた。

「考えてみろ。本当に徳川が天下の安寧を求めていたのならば、神君家康公は、なぜ関ヶ原の合戦を起こした」

「それは天下にまつろわぬ者がいたからでございましょう。上杉とか伊達《だて》とか……」

「己でも信じておらぬことを口にするな」

本多政長が数馬を叱った。

「天下がふたたび乱れるというならば、豊臣秀吉《ひでよし》公が死んだときに謀叛《むほん》の狼煙《のろし》はあがっていたはずじゃ。それがなく、まだ幼子であった秀頼《ひでより》公が無事に擁立された。これは、天下に乱れがなかったからだ」

明日どうなるかわからない乱世ならば、幼い主君など誰も担がない。主君が足りなければ、家が滅び、家臣たちも路頭に迷うのが、戦国乱世である。当然、家臣も主家に従って散ると覚悟している者ばかりではない。どころか、隙あれば主家を凌《しの》ごうと考えている。そこにまだ刀さえ持てぬ幼児が主君として登場したら、それこそ渡りに船とばかりに謀叛する。それが無事に継承されたというだけでも、天下は落ち着いていたといえる。

天下が安泰かどうかは、法や秩序が守られているかどうかでわかる。

「どれだけ天下人の豊臣家の主が幼くとも、徳川家、前田家、毛利《もうり》家、上杉家などが支えればいい。百万石をこえる大大名が睨《にら》みを利《き》かせば、謀叛はできない。そうであろう、数馬」

「たしかに」

数馬は反論できなかった。

「さて、豊臣を滅ぼした徳川がしなければならぬことはなにか……わかるか、数馬」

本多政長が数馬に問うた。

「幕府を作ることでしょうか」

「違うな。徳川が幕府を作ったのは、関ヶ原の合戦から三年後、そして豊臣家が滅んだのは、そのさらに十二年後」

答えた数馬に、本多政長が首を左右に振った。

「…………」

「わからぬか」

「恥じ入りまする」

ため息を吐かれた数馬が頭《こうべ》を垂れた。

「今はよいが、しっかりと学べ。儂がなんのためにそなたを留守居役にしたのかを考えてみよ」

「……はっ」

数馬が頭を垂れた。

「話を戻すぞ。天下を豊臣から奪いとったあと、徳川がしたのは……己と同じまねができる大名の排除だ」

「……なんと」

「加藤《かとう》、福島《ふくしま》、最上《もがみ》、数えあげることもできぬほどの大名が、ゆえなき理由か、家中のごたごたで潰された。前田も狙われた。幸い、なんとか切り抜けてきたがな」

本多政長が苦い顔をした。

「……本多さま」

「義父《ちち》と呼べ、義父と」

気遣って声をかけた数馬に、本多政長が要求した。

「では、義父上さま、今の苦渋に満ちられたお顔は」

「……ふん。まだまだ儂もできてないということよ。まったく、何十年経《た》とうが、まだ納得できぬとは」

大きく本多政長が息を吐いた。

「今更言うまでもないが、本多の家は呪われている。神君家康公の腹心、幼なじみと讃えられた本多佐渡守の子孫は、ほぼ加賀の本多だけといえる。本家は謂れなき謀叛で潰され、分家は吾が家を除き、小身一つだけ。わかるか、あの本多正信の血筋で、大名は一家もない」

「……………」

「これはなぜか、最初にそなたと会ったときに、話をしたな」

「本多は徳川の闇を知りすぎた」

「知りすぎたのではない、闇を生み出したのよ。もっとも、その闇のお陰で徳川は天下人になった」

「功績でございましょう、それでは」

数馬が憤《いきどお》った。

「違う。功績とは表に出せるもの、そして闇は、表に出せぬもの」

本多政長が首を横に振った。

「表に出せぬ……」

「これはあくまでも、あくまでも喩《たと》えぞ。真実だと思うな」

くどいくらいに念を押してから、本多政長が続けた。

「もし、本能寺《ほんのうじ》で織田信長《おだのぶなが》公を明智光秀《あけちみつひで》が襲ったのは、本多佐渡守の策だったとして、それを神君家康公は、手柄だとして、天下に公表できるか。豊臣秀吉公の最後が病ではなく、毒であったとしたら、よくやったと褒められるか」

「できませぬが……」

「喩えじゃと申しておろう」

そうなのかと見つめてくる数馬に、本多政長が釘を刺した。

「闇はそういうものだ。闇なくして、天下は取れるほど甘くはない。織田信長公の桶《おけ》狭間《はざま》の合戦、豊臣秀吉公の中国大返し、どちらもまともにできる話ではない」

「そこにも闇が……」

「儂は知らぬがの」

息を呑む数馬に、本多政長が手を振って否定した。

二

神田明神は、関東の守護神として勧進されている。祭神は大己貴命《おおなむちのみこと》、少彦名命《すくなひこなのみこと》、そして平将門命《たいらのまさかどのみこと》であり、徳川家から厚い庇護《ひご》を受けている。

「見事なご本殿じゃの」

本多政長が感心した。

「お手伝い普請のときなどに、お参りはなさいませなんだので」

「できるわけなかろう。御上のお手伝い普請じゃ、物見遊山《ものみゆさん》のつもりでおるのかと難癖を付けられるのが落ちぞ」

お手伝い普請ともなると何ヵ月もかかる。その間、当主の本多政長は江戸にいなければならない。

数馬の疑問に本多政長が首を左右に振った。

「先ほど、境内《けいだい》に着いたため、途中になったがな。本多は潰されかけたのだ。何度もな。お手伝い普請もその一つよ。本来、お手伝い普請は陪臣に直接命じられるものではない。なぜならば、あくまでも本多家は前田の家臣なのだからな。それを頭越しに命じるのは、前田家の当主をないがしろにするものだ」

「殿がご気分を害される……」

「そうだ。それも御上の狙いの一つ」

本多政長がうなずいた。

「一つでございまするか」

他にもあるのかと数馬が驚いた。

「当たり前よ。それが政であり、闇の使いかたでもある」

本多政長がなにを言っているという目で数馬を見た。

「お手伝い普請はな、大名に課すもの。すなわち、それを受けた本多家は大名に準ずると御上が認めたことになる」

「はい」

「それを前田家は認められるか。己の家臣が大名として御上から扱われるのを。それを許せば、本多はいつ独立してもおかしくはない」

「認められませぬ」

「さて、お手伝い普請は果たして当然。だが、これは御上から直接領地をもらっている大名家の話で、本多のように前田家からいただいている者にはあてはまらぬ。金を遣い、普請を無事に為し遂げた。となれば褒めねばならぬ。信賞必罰は政《まつりごと》の基本だからな」

「義父上さまにも、褒美が」

「言われたわ、普請終了のご報告をなしたときにな。望みがあれば申せと」

「なにを望まれました」

数馬が問うた。

「なにも望むものか。上様のお顔を拝し奉れただけで、陪臣には過ぎた名誉でございまするると断った」

「陪臣……」

「そこに気づいたか。少しは江戸へやった価値はあったか」

引っかかった数馬に、本多政長がほほえんだ。

「わざわざ陪臣だと主張したのは、直臣《じきしん》になる気はないと」

「その通りよ。直臣なんぞになれば、それこそ本家の二の舞じゃ。なにかの役目を押しつけて、それが気に入らぬと難癖を付け、取り潰す。御上得意の手が使えるからな」

数馬の確認に本多政長が首肯した。

「少し、休もうぞ」

本多政長が茶店を見つけた。

「申して参りましょう」

供《とも》として控えていた刑部《おさかべ》が、先触れに出た。

「……どうぞ」

戻ってきた刑部が、本多政長を案内した。

「茶と餅をもらおう。味噌《みそ》を少し付けての。皆も同じでよいな」

「へい」

本多政長の注文を茶屋の親父が受けた。

「大名になれば潰される。そう知っている本多を潰すにはどうすればいい」

「むうう」

問われた数馬がうなった。

「簡単な話じゃ。主家に命じて潰させればよい」

「なっ……」

答えを言った本多政長に、数馬が絶句した。

「過去、本多家は利常公によって二度潰されかけた。いや、三度か」

本多政長が遠い目をした。

「利常公といえば、珠姫《たまひめ》さまの……」

数馬が本多政長を見つめた。

珠姫は二代将軍秀忠《ひでただ》の娘で、前田利常に嫁いだ。その輿入《こしい》れ行列を差配したのが、瀬能家であり、珠姫の願いで旗本から前田家へ籍を変えた。

「珠姫さまもおぬしの祖父どのも、なにも知らされておるまいがな。珠姫さまのお輿入れで、瀬能以外にも何名かの旗本が前田に残った。女中にいたっては何十人という数が、江戸から金沢へ移った。そのなかに御上の意向を受けた者が紛れこんでいた」

「……………」

いろいろと留守居役として世のなかの汚さを見せつけられた数馬は、それを否定できなかった。

「まあ、それが原因か、大名並の禄を持つ重臣への嫌がらせかは知らぬがの。利常公は、家督を継いだばかりの儂の頭を抑えたかったのか、いきなり本多の家老であった本多兵庫《ひょうご》を切腹させせよと命じてこられた」

「なんと」

聞いた数馬が驚愕した。

「すでに父は亡く、本多家の当主としてどうするかの判断を儂はしなければならなかった。罪さえ定かでない家老を死なせる。これをしなければ、本多家は利常公に逆らったとして、それ以上の咎めを要求される。かといって、受け入れれば本多の家臣たちの間に不満が生まれる。まさに苦渋の選択を強いられた」

「義父上はどのようになされたのでございましょう」

「儂はなにもできなんだ」

　尋ねた数馬に本多政長が絞り出すように言った。

「兵庫がの、儂の辛さを見てくれてな。自ら腹を切ってくれた。これは本多のためだと家中の者どもを諫《いさ》めてくれたうえでじゃ」

　本多政長が瞑目《めいもく》した。

「……………」

　数馬はなにも言えなかった。

「二度目も同じようなものよ。鷹狩りを勧められた儂は富山《とやま》で宿を取っていた。鷹狩りは知っての通り、戦に倣《なら》うもの。騎馬武者、徒《かち》、足軽などを引き連れておこなう。そこで我が家の中間《ちゅうげん》がの、富山藩士を辱《はずかし》めてしまった」

「中間が、藩士を……」

　身分が違うだけに、これはなかなか難しい問題になった。

「悪いことに場所は富山藩領じゃ。これが加賀藩領ならば、いくらでも糊塗《こと》のいたしようもあったが、富山ではどうしようもない。中間から辱めを受けた藩士を、藩主前田利次《としつぐ》公は切腹させた。中間ごときに辱めを受けながら、その場で討ち果たさなかったことを咎められたのだ」

中間は武士ではない。無礼討《ぶれいう》ちをしたところで、その罪さえあきらかであれば藩士は咎められずに終わる。

「事態を知った儂はあわてて、その中間と近くにいながら止めなかった中間ども、合わせて五人の首を刎《は》ね、利次公に詫びた。しかし、利次公はお許しにならなかった。吾が家臣と中間ごときの命では、百の首を持ってきたところで引き合わぬとな」

本多政長が唇《くちびる》の端を噛《か》んだ。

「本家の筆頭宿老と分家の大名がもめる。これを御上に知られては、どのような口出しをされるかわからぬ。儂は何度も詫びを入れた。だが、一向に利次公のお怒りは解けなかった。そこに利常公が仲立ちに入られた。富山は士分の者が死んでいる。中間では引き合わぬとなれば、本多も相応の者に腹を切らせるしかあるまいとな」

「それはっ……」

数馬が目を剝いた。

「相手は利常公のご次男利次公じゃ。しかも珠姫さまのお産みになられた、秀忠公のお孫さまじゃ。徳川の血を引かれるお方への詫びとなれば……」

本多政長がためらうように口をつぐんだ。

「……鷹狩りの供頭《ともがしら》であった家老の藤井雅楽《ふじいうた》しかない。情けないことに、儂はまたも家老を死なせた」

「義父上……」

俯いた本多政長を、数馬が気遣った。

「まだ若かった。そして利常公が、戦国を生き残るだけの狸だった。それだけのことよ。高い代償を払わされたが、今の儂ならば、利常公を逆に……」

最後まで言わなかったのは、主家への気遣いであった。

「……へい、お待ちどおさまで」

餅を焼き終えた茶屋の主が、顔を出した。

「うまそうじゃな。皆も遠慮するな。餅は冷えたら、固くなる」

早速本多政長が手を伸ばした。

「……義父上、三つ目はなんでございましょう」

一しきり餅と茶を堪能した数馬が、質問した。

「腹がくちくなったでの。腹ごなしに悪い話は、また今度じゃ」

本多政長が拒んだ。

老中大久保加賀守は、本多政長の反撃に敗北したことに怒り続けていた。

「まったく、役に立たぬ」

評定所へ加賀藩前田家を訴え出た旗本横山長次は逆ねじを喰らわされ、己が目付の取り調べを受ける羽目になっている。

「余の名前も傷ついた」

本多正信の家系と大久保忠世《ただよ》の系統が不倶戴天《ふぐたいてん》の敵だと、天下の者たちは知っている。

神君《しんくん》家康公を後ろ盾に持った本多家が初戦を飾り、二代将軍秀忠の援護を受けた大久保家が復讐を果たす。

当たり前のことだが、最初の勝利より最後の勝利が大きい。本多正信の系統は天下から追い払われ、代わって大久保家が我が世の春を迎えつつある。

大久保家が復帰以降老中を輩出する天下の名門譜代となったのに比して、本多家は陪臣に落ちた。大久保家の完勝である。

もはや相手にする価値もない。

大久保家の頭から本多家のことは消えていくはずだった。このまま将軍家が直系で相続されていったならば。

しかし、四代将軍家綱《いえつな》が、跡継ぎを決める前に病に臥した。

家綱に子供はいなかった。となれば、どこかから跡継ぎを連れてこなければならない。そこに加賀の前田家の名前があがった。

加賀前田家五代綱紀《つなのり》は、二代将軍秀忠の曾孫《ひまご》にあたる。つまり、徳川の血を引き、将軍となる資格を有していた。

これが大久保家に本多の名前を思い出させてしまった。

もし、前田綱紀が五代将軍となれば、その重臣本多政長は譜代大名として復帰、老中となって天下の政をおこなうようになる。

そうなれば、大久保家によって本家を潰された加賀本多家が復讐に出るのはまちがいない。大久保家はふたたび幕政から引き離され、雌伏《しふく》のときを過ごさなければならなくなる。

かつて大久保家は政敵本多正信によって小田原《おだわら》の地を奪われ、流罪《るざい》に処された。その再現がなされかねない。

危惧を感じた大久保加賀守は、老中という地位にあることを利用して、本多政長を、いや、加賀の前田家を排除しようとした。

加賀の前田家に徳川の血が入っている。これは特別なことではなかった。家康、秀忠は、娘を有力な大名へ嫁がせて一門とし、謀叛の目を摘《つ》もうとした。

家康や秀忠の娘を正室に迎え、その子が大名を継いだ家は、前田だけではない。岡《おか》山《やま》の池田《いけだ》も同じであった。

だが、池田に五代将軍の話がいかず、前田家に声がかけられたのは、三代将軍家光に原因があった。

三代将軍家光は、どういう理由があったのかは定かでないが、女に興味を示さず、若衆ばかりを寵愛《ちょうあい》した。

当たり前のことだが、どれほど若衆を寵愛しようが、毎夜のように閨《ねや》へ呼ぼうが、子供はできない。

「なんとしてもお世継ぎさまを」

「どうぞ、女をお召しくださいまして」

周囲はやきもきする。

家光の側にいるというのは、当代での栄達を保証されているが、主君の直系が跡を継いでくれないと、次代の世では邪魔者として排除される運命にある。

「女は不要じゃ」

あくまでも家光は女を側に寄せ付けなかった。

「なにとぞ、なにとぞ」

泣くように言う側近たちに、家光は切れた。

「ならば、加賀の光高《みつたか》を吾が養子にする」

世継ぎとして、加賀藩四代藩主光高を迎えると、家光が言い出した。

家光は姉の産んだ甥をなぜか気に入り、かわいがっていたのだ。

「なんということを」

いくら将軍の甥とはいえ、外様大名を将軍とするわけにはいかないと、家光側近は顔色を変え、必死になった。

「女が嫌いならば、女に見えねばよいのでは」

家光を赤子のときから傅育してきた春日局《かすがのつぼね》が、京から呼んだ公家の娘の髪の毛を剃り、男装させて御前へ出した。

「美形である」

新しい若衆とまちがえたのかどうかはわからないが、家光は閨へ招き入れた。これが功を奏し、家光は以降、長年の性癖を取り戻すかのように、女色に溺れ、あっという間に男子を産ませ、継承の問題をなくした。

だが、家光が漏らした一言が、加賀藩主前田光高を格別なものとし、その血を引く綱紀にも影響を及ぼした。

「なんとしてでも加賀を……」

大久保加賀守にとって、父祖の地とまでは言えないが、小田原への復帰は悲願である。小田原は東海道の要所として、かつては関東に覇を唱えた北条《ほうじょう》氏の城下町であった。なにより、西から来る軍勢を押さえる最後の関門とされる箱根《はこね》の険《けん》を預けられるというのは、徳川家から全幅の信頼を置かれているとの証になる。

本多正信の血筋への復讐を果たし、大久保家は老中となって幕政を任されるまでになった。しかし、まだ小田原への復帰はなせていない。

大久保加賀守にとって、本多家の復権だけは認められなかった。

「五藤《いつふじ》をこれへ」

下城した大久保加賀守は、留守居役肝煎を呼んだ。

「……あいにく、御用で出ておりまする」

連れにいった小姓が戻ってきて、留守だと報告した。

「御用だと……どこだ」

大久保加賀守の表情が険しいものになった。

「訊《き》いて参りまする」

あわてて小姓が走っていった。

「気の利かぬ」

二度手間になったと大久保加賀守が、小姓の態度に不満を見せた。

「留守居役に説明をいたさせまする」

小姓が残っていた留守居役を伴って帰ってきた。

「ほう……」

その対応に大久保加賀守が、怒りを収めた。

「五藤に御用と伺いましてございまする。あいにく五藤は、御用にて出ておりますれば、同役のわたくしが参上いたしましてございまする」

廊下で留守居役が手を突いた。

「木下《きのした》……三弥《みや》であったかの」

「さようでございまする」

名前を思い出した大久保加賀守に、木下三弥が首肯した。

「五藤はどこだ」

「本日は、和州岸和田《わしゆうきしわだ》岡部美濃守《おかべみののかみ》さまのお招きで……」

「吉原か」

さすがに遊郭へ行っていると主君に告げるわけにもいかず、口ごもった木下三弥の気遣いを大久保加賀守は無視した。

「はい」

言われれば認めるしかない。木下三弥がうなずいた。

「岸和田の岡部がなにを願ってきた」

老中の留守居役は接待をせず、されるだけになる。大久保加賀守が訊いた。

「岸和田の本陣宿が小さく、また旅籠《はたご》なども少ないため、紀州《きしゅう》公参勤交代を受けいれるのが難しいとかで、参勤路を和歌山から大和《やまと》へ抜ける行程にしてくれるよう、御上からお指図をして欲しいと」

「ふん」

木下三弥の話に、大久保加賀守が鼻を鳴らした。

「参勤交代の行列が来れば、金も落ちように。和歌山との間に亀裂を作れば、岸和田を通る者が減り、城下は寂れる。宿が足りぬならば、寺を造るなりすればよいであろうに」

小さな宿場では、大名行列を受け入れられない場合が多い。そういうときは、寺を使った。寺の本堂を開放し、徒や足軽などを雑魚《ざこ》寝《ね》させるのだ。

そのために無住となった寺を潰さず、手入れしている宿場もある。大久保加賀守が、岸和田藩の陳情を一蹴した。

「なんでも、紀州家の小者が御三家の威光を借りて、傍若無人《ぼうじゃくぶじん》に振る舞うらしく」

裏にある事情を木下三弥は知っていた。

「調べたか」

「はい。さすがに知られれば、紀州家とのなかにひびが入る要求でございましたので、少し気になりまして」

大久保加賀守の確認に木下三弥が告げた。

「そのことを五藤は、知っておるのか」

「いいえ」

木下三弥が首を横に振った。

「なぜ言わなかった」

すっと大久保加賀守の口調が変わった。

「訊かれませんでしたので」

あっさりと木下三弥が答えた。

「……言え」

さらなる理由を大久保加賀守が求めた。

「もし五藤さまがどのようなお話を受けてこられようとも、最後は殿のご決断となりまする。殿が否やと仰せになれば、岡部家では逆らえませぬ」

大久保加賀守ならば、五藤がなにをしようともおかしな判断はしないと、木下三弥が述べた。

「では、そなたが招かれていたとしたら、どう返事をする」

「岡部家と紀州さまは、留守居近隣組で同席なさいまする」

留守居役たちは、他家との交流を効率よくおこなうため、いくつかの組を作っていた。

婚姻や養子縁組などを主たる話題とする、よく似た石高、家格の同格組、領地が隣り合っているあるいは、参勤交代の経路として立ち寄る近隣組などである。

紀州徳川家と岸和田岡部家は、同じ近隣組に属していた。

「近隣組で会合をいたしたおりに、留守居役を通じて小者の乱暴を告げればよいと助言いたしまする」

「紀州家の留守居役が、家格をかさにかかってきたときはどうする」

大久保加賀守が続けて問うた。

「岡部家は参勤交代で東海道を進みまする。普段でしたら桑名《くわな》から船で熱田《あつた》へ渡りまするが、まれに海が荒れて陸路を行かなければならなくなるときがございまする」

参勤交代には期限があった。決まった日までに江戸へ入らなければ、咎めを受ける。もちろん、あらかじめその理由を届けておけばすむが、行程に出てからだと、どうしても後手になりやすい。そのため、代替路があれば、そちらを取ることもままあった。

「陸路となりますと、名古屋を通りまする。そして、直接お城下を通らなくともご挨拶はいたさねばなりませぬ。相手は御三家の尾張家さまでございますから」

「なるほどな。そのときに紀州家のことを持ち出すか」

大久保加賀守が理解した。

「だが、そこまでいくと紀州家は機嫌を悪くするぞ。自家の恥を外へ漏らされたことになるからの」

「そのために、前もって近隣組でお話をしておくのでございまする。こちらとしては礼は尽くしている、留守居役どのにお訊きあれと」

懸念《けねん》を口にした大久保加賀守に木下三弥が話した。

「……そこまでを含めて、最初の近隣組で話すのだな」

尾張徳川家に泣きつくという話は、脅しに使うのだなと大久保加賀守が見抜いた。

御三家は家康の息子を祖にする。尾張家が兄で紀州家が弟になるが、もともと武家の兄弟は家督などで争うのが常なため、仲が悪い。その仲の悪い尾張家に弱みを握られることを紀州家が受けいれるはずはなく、小者の横暴を聞かされた留守居役は大あわてで、家老なりに相談することになる。

「畏れ入りまする」

木下三弥が手を突いて、策だと認めた。

「よかろう、五藤はもうよい。此度《こたび》のことはそなたに命じよう」

大久保加賀守が満足げな顔をした。

「加賀藩を探れ」

「……仰せではございますが、わたくしは留守居役でございまする。探索は……」

主君の命に木下三弥が戸惑った。

「留守居役には留守居役のやりかたがあろう。金は好きなように遣え。ただし、直接加賀藩の留守居役と接触することは禁じる。どうしてもしなければならなくなったときは、申せ。余が判断する」

「直接加賀の留守居役とつきあわず……でございまするか」

条件に木下三弥が思案した。

「できるかと問うておるのではない。やれと命じておる」

「……承知いたしました」

主命を持ち出した大久保加賀守に、木下三弥が首肯した。

三

目付の取り調べは厳しいが、もとより証拠のあるものではない。

「門も壊されておらぬし」

「近隣の者どもも、横山長次をゆえあるをもって討ち取ったとかいう声を聞いただけで、実際に人を見た者はおらぬ」

目付たちの追及は、状況がわかるにつれ、弱くなっていった。

「加賀藩の上屋敷の一件を告発したというではないか。それへの報復では」

一部の目付が騒動を仕掛けたのが加賀前田家ではないかと、疑念を口にしたが、先日評定所で無罪放免が言い渡されたばかりである。その決定を覆《くつがえ》すほどの証拠もなく、もう一度前田家を呼び出してなどと要求しようものならば、評定所に集まっていた老中大久保加賀守、寺社奉行酒井大和守忠国《やまとのかみただくに》、町奉行北条安房守氏平《ほうじょうあわのかみうじひら》らの目を節穴だと非難するも同然になる。

いかに目付が老中でも監察でき、将軍へ直訴する権を持つとはいえ、上役のほとんどを敵に回して無事でいられるはずはなかった。

「此度のこと、咎め立てはせぬが、このような状況になったのは、そなたの日ごろのおこないが、芳しいものでないからである。しばらくの間、外出を慎み、逼塞《ひっそく》しておれ」

目付は横山長次への処置を、釘を刺すだけに留めた。

「重々に承知いたしましてございまする」

横山長次は深々と腰を折って、目付を見送った。

大名、旗本の取り調べ、訊き取りは、よほどのことでもない限り、本人の屋敷を閉門させておこなった。

「あああ」

目付の姿が見えなくなるまで表門は開いたまま、当主は玄関式台で手を突いていなければならない。目付は将軍の代理になるため、御成に準じた対応をしなければならなかった。

「疲れた」

ようやく表門が閉められ、横山長次が立ちあがって、腰を叩いた。

「よく生き延びたわ」

横山長次が居室へ戻ってため息を吐いた。

「百万石に喧嘩を売って、お咎めなしは望外じゃ。しかし、かつての酒井雅楽頭、この度の大久保加賀守と、執政ほど頼りにならぬ者はおらぬ」

道具として使いながら、状況が悪くなるなり、切り捨てる。さすがに二度も同じ目に遭えば、横山長次も理解する。もう、横山長次に執政を敬う気持ちはなかった。

「もうよいわ」

横山長次が呟いた。

「殿……」

「なんじゃ。余は疲れておる」

襖の外から声をかけた家臣に、横山長次が不機嫌に応えた。

「お客さまでございまする」

「客……誰ぞ」

落ち目の横山長次に近づこうとする者はいない。横山長次が首をかしげた。

「それが……大久保加賀守さまのご家中さまでございまする」

「加賀守のか」

横山長次が驚愕した。

「いかがいたしましょう」

「……むうう」

問う家臣に横山長次が唸《うな》った。

たった今、見切りを付け、もうかかわるまいと決心したばかりである。

「断れぬな」

横山長次が肩の力を落とした。

助けてくれなかったとはいえ、相手は老中である。機嫌次第で旗本の一つや二つ、潰すことはできる。

「客間へ通しておけ」

あきらめた横山長次が、会うと告げた。

大久保加賀守が来たならば、あわてて玄関まで出迎えに出なければいけないが、そうでなければ多少待たせても問題はない。

意趣返しというには小さいが、これくらいでもしなければ、横山長次の気持ちは治まらなかった。もちろん、したところで治まりはしないが、少しは波風が落ち着く。

「……当然だな」

客間へ通されたはいいが、茶も出されず、半刻（約一時間）近く放置されている。

大久保加賀守家留守居役木下三弥が苦笑した。

「待たせた」

そこから小半刻（約三十分）して、やっと襖が乱暴に引き開けられ、足音も高く横山長次が現れた。

「お忙しいところを不意にお目通りを願いましたことをお詫びいたしまする。わたくしは、大久保加賀守の家臣で留守居役を務めておりまする木下三弥と申す者」

「横山長次じゃ。留守居役が何用か」

木下三弥の名乗りに、横山長次が用件を言えと急かした。

「まずは主《あるじ》が、お力になれず申しわけないと……」

「不要である」

大久保加賀守の謝罪を伝えようとした木下三弥を横山長次が遮《さえぎ》った。

「…………」

「なにもなかったのじゃ。お詫びいただくこともな」

老中たる主君の謝罪を拒まれて鼻白んでいる木下三弥に、横山長次が首を横に振った。

「なにもなかったでよろしゅうございますか」

「構わぬ」

確かめた木下三弥に横山長次が首肯した。

これは二通りに取れた。今後大久保加賀守とはつきあわないので、もうどうでもいいという意味と、実質の被害がなかったので、気にしないでいいという気遣いの意味である。

「では、謝罪はさげさせていただきまする」

横山長次の態度と雰囲気から、その真意がどこにあるかを木下三弥は気づいている。だが、直接横山長次に会っていない者に木下三弥が伝えたとしたら、どのように受け取るかは、その人物次第になる。

「用はそれだけか」

詫びだけならば帰れと横山長次が言外に含めて訊いた。

「いえ。もう一つお願いがございまする」

「願いとはの」

木下三弥の言葉に、横山長次が嗤《わら》った。

「厚かましいとはわかっておりまする。ですが、是非ともお願いをいたしたく存じまする」

「聞くだけは聞こう」

横山長次が木下三弥を促した。

「加賀藩前田家とのおつきあいを再開していただきたく」

「……なにを申したか、わかっておるのか」

木下三弥の要求を聞いた横山長次があきれた。

「承知のうえでお願いをいたしておりまする」

「そうか。ならば答えは一つ、帰れ」

頭を下げた木下三弥に、横山長次が手を振った。

「ご短慮は、お止めになられたほうが……」

「黙れ。危うく潰されかかったのだ。加賀とかかわって碌なことはないわ」

宥《なだ》めようとした木下三弥を横山長次が叱った。

「今度は加賀と敵対していただきたいわけではございませぬ。加賀藩と親しく交流し、その内心を探っていただければ」

「それができるとでも。あの本多安房が江戸におるのだぞ」

説明した木下三弥に横山長次がため息を吐いた。

「それほどでございますか、本多安房さまは」

「知らずに来たのか、愚かな」

横山長次が木下三弥を哀れみの目で見た。

「次はもうないと釘を刺されたも同然ぞ。余は誰がなんと言おうが、加賀には触れぬ」

もう一度横山長次が拒んだ。

「…………」

「それになにをしたところで、余にはなんの得もない」

黙った木下三弥に横山長次が大久保加賀守の扱いを断じた。

「……今度は違いまする」

「なにが違う。ことがなったなれば、大名にしてやる、留守居に推挙してやるなど、絵に描いた餅のほうが、見られるだけましよ」

成功報酬はもらえぬと横山長次が吐き捨てた。

「金を、金を出しまする」

「……金を」

横山長次が興味を見せた。

「老中さまが、金をくださる。さぞや大金でございましょうな」

皮肉を横山長次が口にした。

「千両、用意いたしまする」

「…………」

予想外の金額に横山長次が黙った。五千石といえども、実収入は四公六民《しこうろくみん》なので、手取りは二千石、金にして二千両足らずになる。千両は、横山家にとっても大きなものであった。

「この金をどのようにお遣いいただいてもよろしゅうございます。なんとか加賀藩に近づいて、話を聞いていただきますよう」

「なにを聞けと」

「なんでも。些末《さまつ》なことでもかまいませぬ。十日に一度、わたくしが参りますゆえ、そのときにお教えくだされればよろしゅうございまする」

「話を聞くとなれば、金がかかるぞ。途中で不足するやも知れぬ」

「それも十日ごとに確認いたし、追加も考えまする」

横山長次の質問に木下三弥が答えた。

「どのように使ってもよいのだな」

「はい」

念を押した横山長次に木下三弥が首を縦に振った。

「そうか。では、金を見てからだの」

横山長次が話を終わらせた。


木下三弥は横山長次の屋敷を出て、待たせていた小者に刻限を確かめた。

「何刻か」

「そろそろ八つ半（午後三時ごろ）かと」

小者が答えた。

「もうか。いかぬ、ちと横山で手間取った。急ぐぞ」

「へい」

足を速めた木下三弥に小者が従った。

「吉原の揚屋《あげや》伊東屋《いとうや》に七つ（午後四時ごろ）だったよな、約束は。遅れるわけにはいかぬ」

木下三弥が顔をゆがめた。

老中の留守居役ともなると、扱いは別格となる。

不思議な慣習だが、留守居役は藩の垣根をこえて、長く役目にある者を先達《せんだつ》と称して尊ぶ。近隣組、同格組などの会合では、先達は主君の如く振る舞い、新参はその家臣のように仕える。それこそ、先達が白いと言えば、烏は白鳥になる。

しかし、これの例外が老中の留守居役であった。

老中は諸大名にとって、あらゆる意味で怖ろしい権を持つ。

「今度のお手伝い普請は、あそこに命じよう」

「最近、よい噂を聞かぬ。街道の要地を任せるには不安である。一度注意を促し、改善が見られなければ、転じるとしよう」

金のかかるお手伝い普請、あるいは大名にとってなにより怖い僻地《へきち》への転封《てんぽう》、これらを老中はおこなえる。

そんな老中の留守居役に、烏は白いであろうなどと言えるはずもない。主君が老中となった途端、その留守居役は、格付けの枠から離れた。

だからといって、傍若無人に振る舞えるというわけではなかった。いつまた、主君が老中でなくなるかも知れないのだ。やりすぎると後でのしっぺ返しが痛い。

接待で招かれておきながら、来ないとか遅れるとかはまずかった。

「ここからならば、大川《おおかわ》が近い。船を遣う。手配を」

「ただちに」

小者が小走りに離れていった。

「……こちらで」

大川端まで出た木下三弥に小者が手を振った。

「山谷《さんや》まで頼む」

「へえい」

大川端に小舟をもやっていた船頭が、竿を突いた。

吉原は明暦《めいれき》の大火で江戸の中心部から、浅草寺《せんそうじ》のはずれ、浅草《あさくさ》田圃へと移された。人通りの多い浅草門前町を行くより、船で山谷堀まで行き、そこから日本堤を進んだほうが早かった。

「間に合ったの」

小走りに吉原へ入った木下三弥が、大門から二丁（約二百二十メートル）ほど離れた京町の揚屋伊東屋に着いた。

「お待ちいたしておりやした」

見世の前で伊東屋の男衆が木下三弥に頭を下げた。

「世話になる。もうお見えかの」

心付けを渡しながら、木下三弥が男衆に訊いた。

「小半刻（約三十分）ほど前に」

男衆が答えた。

「かなりになるな」

木下三弥が苦い顔をした。

「なにか言っていたか」

「今日はなんとしてでも卍屋《まんじ》のさざ波太夫《なみたゆう》を手配してくれと」

さらに問うた木下三弥に男衆が伝えた。

「さざ波だと。それはまた」

木下三弥が驚いた。

「かなり面倒なことを求められそうだ」

留守居役の接待は、相手に気持ちよくなってもらうだけでなく、こんなにまでしてもらっては申しわけないなという負い目を持たせるためにある。

「助かった。これを頼む」

吉原では見世に揚がるとき、腰のものを預けるのが決まりであった。

「お預かりいたしやする」

男衆がていねいに木下三弥の両刀を受け取った。

「今日は泊まりになる。そなたも遊んでこい」

木下三弥が小者に二朱握らせた。

「かたじけのうございまする。では、明日の朝、お迎えに参じまする」

喜んだ小者が伊東屋の暖簾《のれん》を潜った木下三弥を見送った。

揚屋というのは、吉原独特のものであった。揚屋は客と遊女が食事をし、睦言を交わすための貸座敷であった。もちろん、客同士の宴席ともなる。

なぜ、遊女屋ではなく、わざわざ貸座敷に遊女を呼ぶのか。それは遊女屋は裏方になり、そこで遊女は生活をし、身体の手入れをする。いわば、客に見せられない素の部分であった。遊女は遊女屋の自室で身形《みなり》を整え、揚屋に着いたときには完成した美しさを身に纏《まと》っている。

こうすることで、遊女との逢瀬《おうせ》を現実ではなく、夢のようなものへと押しあげ、価値をあげているのだ。

「お出でございまする」

揚屋は基本として二階を客に貸し出していた。

階段を上がったもっとも奥の座敷が、最上級となる。男衆は当然のように、奥の座敷に木下三弥を案内した。

「おおっ、お入りいただいてくれ」

なかから待ちかねたといわぬばかりの応答があった。

「お待たせをいたし、申しわけもございませぬ。少し、前の方との御用が延びまして」

座敷に入った木下三弥が、襖際に膝を突いて謝罪を口にした。

「いやいや、ご多用は十分存じております。お気になさらず。お見えいただけただけでもありがたいことでございまする。ささっ、どうぞ」

待っていた留守居役が、木下三弥に上座を勧めた。

「先達たる貴殿を差し置いて高き座は畏れ多いが、これも留守居役の慣例。ご無礼を仕《つかまつ》る」

木下三弥が上座へ腰を下ろした。

「お久しぶりでございますな」

「たしかに。まことに申しわけない」

話しかけてきた留守居役に、木下三弥も相づちを打った。

「いかがでございますかな、昨今は」

留守居役が世間話を始めた。

接待は金を遣う。それだけにどうしても結果を出したくなる。つい先を急いで、仕事の話を始めたくなるが、それでは接待として失格である。

まず来客の緊張をほぐして、こちらの醸《かも》し出す雰囲気を受け入れてもらえるようにしなければならない。焦っては、身構えさせることになり、うまくいくはずだった話が潰れるなど珍しくはなかった。

「そういえば、貴家の若殿さまに姫さまがお生まれになったとか」

「お耳に届きましたか。いや、正室さまが……」

互いに話題を出し合いながら、機を窺《うかが》う。

「よろしゅうございますか。膳の用意が整いましてございまする。妓も控えておりまする」

やはり機を見計らっていた男衆が、世間話の継ぎ目に合わせて、膳と妓を用意する。

「お呼びいただき、かたじけのう」

「ありがとうでありんす」

さざ波太夫とその妹女郎《じょろう》が、木下三弥と留守居役の右手に片膝を立てて座った。

「あらためまして、ご一献《いっこん》」

「馳走《ちそう》になりまする」

木下三弥と留守居役の盃に妓が酒を注いだ。

「そなたたちもな」

留守居役が妓たちに飲み食いの許可を出した。

「おいただき」

妓たちが膳の上のものに箸を付ける。

吉原では遊女に昼飯しか与えない。朝は、まだ客と添い寝をしていたり、見送っているため不要であり、夜は客から呼ばれるから用意しなくていいと考えているからであった。

つまり、客が付かなければ、遊女は夕食を食べられない。これは太夫であろうとも変わらないため、遊女たちは客の前でも遠慮はしなかった。

といったところで、女としての見栄《みば》えもある。また、後に差し支えるので、匂いものは摂《と》らないし、のしかかられたとき苦しくないよう満腹にならないようにはする。

「さて、そろそろ」

一刻（約二時間）ほど、食事と酒を楽しんだところで、留守居役が合図を出した。

「あいあい」

さざ波太夫と妹女郎が立ちあがった。

「では、閨でお待ちいたしておるでありんす」

「早う、おいなんし」

遊女二人が奥座敷を出ていった。

これも留守居役の接待では決まりごとであった。

楽しく飲み食いをし、残るは床入りだけとなったところで、話をする。うまいものを喰い、酒も入って気も大きくなっている。なにより、この後に美姫との閨ごとが待っている。

この状態で交渉を持ちかけられては、弱くなる。

「木下どの」

「なんでござろうか」

留守居役に呼ばれた木下三弥が、そちらに顔を向けた。

「噂で聞いたのでございますが、近々、江戸城惣堀浚《そうぼりさら》いがござるそうで」

「はて、わたくしは存じませせぬが」

木下三弥が首をかしげた。

「お隠しあるな。そう貴家の五藤どのが秋月《あきづき》さまの留守居役どのに言われたと」

「五藤が……」

留守居役に教えられた木下三弥が眉をしかめた。

「どうでございましょうか。御上のお手伝いをなすことは名誉であると承知いたしておりまするが、恥ずかしながら昨年、当家は若殿婚礼がございまして……」

大名の婚姻は、家と家の繫がりを作るためのものである。それだけに、娘を出すほう、迎えるほうのどちらも見栄を張った婚礼をした。宴席の料理などはまだたいしたものではなく、一門、親族、つきあいのある大名、旗本への引き出物、幕府老中や若年寄など要路への付け届けを派手にしなければならなかった。

「なるほど、ご事情は伺いましてございまする」

「では……」

「主には、貴家のお話をいたしまするが、かならずしも認められるとは限りませぬ」

「そこをなんとか」

木下三弥の返事に留守居役がすがった。

「一つ、わたくしからお願いをさせていただいても」

「なんなりと」

尋ねた木下三弥に留守居役が身を乗り出した。

「今、江戸にかの本多佐渡守さまの御孫にあたる加賀本多家のご当主が出てきておられまする」

「……加賀の本多」

両家の確執は有名なだけに、聞いた留守居役が緊張した。

「ご存じの通り、当家と加賀の本多さまとの間に、ちょっとした行き違いがございました」

「…………」

行き違いで互いの家を潰し合ったと言ったに等しい木下三弥に、留守居役が言葉をなくした。

「しかし、これではよろしくありませぬ。大久保家も本多家さまも共に神君家康公のもとで働いた譜代同士。いつまでもいがみ合っていては、御上のためにもならぬと主君加賀守は考えまして……」

「それはそれは」

つい先日評定所で遣り合ったばかりと知られているのを棚上げして、堂々と論じる木下三弥に留守居役が感情のない声で応じた。

「とはいえ、当家から折れて参ることはできませぬ」

大久保加賀守は老中であり、本多政長は加賀藩の筆頭宿老とはいえ陪臣に過ぎない。老中が陪臣に辞を低くして近づくなどできるわけはなかった。

「だからといって、本多さまが折れてこられるとは思えませぬ」

木下三弥は本多に敬称をしっかり付けることで、思うところはないと表現していた。

「でございますか」

同意するわけにも、否定するわけにもいかない。留守居役はどちらとも取れる言葉で逃げた。

「そこで、加賀の前田さまがお困りのことを、こちらから手助けをいたしまして……本多さまのほうから、歩み寄っていただこうとなりましてございまする」

「なるほど。さすがは、大久保加賀守さまじゃ。なんとも懐《ふところ》の広い」

木下三弥の話に、ようやく留守居役がまともな答えをした。

「そこで、貴殿、いや貴家のお留守居役方に、加賀藩の留守居役方にお近づきいただいて、なににお困りかを、さりげなく訊いていただきたいのでございまする。もちろん、これが大久保家の頼みだと知れぬように」

「それでよろしいのか」

説明を終えた木下三弥に、留守居役が確認を求めた。

「はい。それをお願いできれば、江戸城惣堀浚いのお手伝い、決して貴家に回らぬよう、主が手配《てくば》りいたしまする」

「おおっ、約束してくださるか」

留守居役が喜んだ。

「わたくしの名前にかけまして、お誓い申しまする」

「お任せあれ」

強く留守居役がうなずいた。

「さて、そろそろ妓どもも待ちくたびれておりましょう。今宵はこれまでといたしましょうぞ」

留守居役が満足そうに、床入りの刻限だと宣した。

第二章　影と陰

一

本多家の江戸屋敷は、加賀藩前田家の上屋敷から、少しだけ離れたところにあった。

五万石ながら、陪臣という立場を遠慮し、屋敷の規模は小さく、知らない者からは、数千石の旗本屋敷にしか見えなかった。

「…………」

その本多屋敷を離れたところから見つめる者がいた。

「……どうだ、椋次郎《むくじろう》」

隣家の屋根上から、なかを窺っていた男の背後に影が湧いた。

「柴助《しばすけ》か。変わらぬ」

「当主が出府してきたというのにか」

黒装束で身を固め、屋根に寝転がっている同僚の横に、やはり同じ姿の柴助と呼ばれた男が腹ばいになった。

「ああ、あわてた様子もなし。煮炊きの煙も増えておらぬ」

最初からいた黒装束の椋次郎が答えた。

「煮炊きは増えまいな。本多は娘婿のところに転がりこんだからの」

柴助がうなずいた。

「そちらはどうなのだ」

「同じよ。毎日、江戸見物をしておる」

椋次郎に問われた柴助が告げた。

「からかわれておるとしか思えぬな」

「同感じゃ」

二人の黒装束が顔を見合わせた。

「お頭への報告はどうする」

柴助が訊いた。

「ありのままをお伝えするほかあるまい。第一、どう偽るつもりなのだ。本多家の屋敷では、大久保加賀守さまの御首を狙うべく、用意をしておりますとでも言うか」

「お頭は喜ばれような。これで本多をやれると」

椋次郎の話に、柴助が苦笑した。

「加賀守さまのご期待にそって、お褒めをいただき、伊賀《いが》組頭を旗本に戻す。お頭の夢だが……夢は見ているときが一番楽しいのだがな」

小さく椋次郎が頬をゆがめた。

「どれほど要路に近づいたとしても、我らは永遠に同心のままじゃというに」

「たしかにな」

二人がため息を吐いた。

「忍は人にあらず……」

椋次郎が呟いた。

「とにかく、ご報告をせねばならぬ。ありのままでよいな」

「本多屋敷がおとなしいのは、拙者のせいではないわ」

念を押した柴助に椋次郎が吐き捨てた。

「柴助よ」

身体を起こしかけた柴助を椋次郎が止めた。

「なんぞ」

「お頭に、もう見張りを終えてもよいのではないかと、進言してくれぬか」

首をかしげた柴助に椋次郎が頼んだ。

「言うくらいはかまわぬが……無駄だぞ」

柴助が首を横に振った。

「進言をしたということが大事なのよ。さすれば、無駄足になっても、拙者は咎められまい」

椋次郎が述べた。

「おぬし、野太郎《やたろう》への布石か」

「あやつは細かすぎる。伊賀組に金がないのは知っておる。金を預けられている野太郎が、どれだけ苦労しているかもな。しかし、あまりに細かい。任にある間の食いものは、組の支給だが、今時腹養丸《ふくようがん》もあるまい」

あきれた柴助に、椋次郎が反発した。

腹養丸とは、忍が使っている食事代わりのものである。人参、米粉、猪《いのしし》の脂《あぶら》、猿の腰かけなどを煮つめたものを親指の先ほどの大きさにしたもので、一日三粒口にすれば食事をしなくてもすむとされている伊賀に伝わる忍飯であった。

「ああ、あれは酷いな。まずいを通りこしているうえ、古いものから押しつけてくる。先日六蔵《ろくぞう》が、腹養丸を口にして腹を壊したらしい」

柴助も嫌そうな顔をした。

「金をくれとは言わぬ。くれればありがたいがの。せめて握り飯にならんか」

「遠国御用ならば、金も支給されるが、江戸御用にはない」

椋次郎の苦情に柴助も同意した。

「腹養丸を喰うより、麦飯でも家で喰うほうがありがたい」

伊賀組同心はそのほとんどが二十俵一人扶持《ぶち》から三十俵三人扶持くらいまでと薄禄であり、白米を口にできるのは、正月くらいで普段は麦と米半々の食事しかできなかった。

「このままでは、伊賀組は戦や隠密ではなく、腹養丸によって滅ぶぞ」

「笑えぬわ」

椋次郎の不満に柴助が首を竦《すく》めた。

「……馬鹿話を」

その二人を見張っている目が感情のない声で呟いた。

「あれが伊賀組だと」

少し後で控えていた別の目があきれた。

「競う相手がなくなったからであろう。忍は不要な時代になった」

最初の目が述べた。

「不要……そうなればよいがの」

後の目が息を漏らした。

「加賀がある限り、我ら軒猿《のきざる》の役目は続く」

「御上が敵……まあ、敵があれでは張り合いもないが」

「殿へご報告を」

「わかった。目を離すなよ。あれが擬態でないという保証はない」

釘を刺して後の目が消えた。

「狙うばかりで、狙われることがなくなる。勝者に与した忍の末路か」

まだ屋根の上で話を続けている伊賀者を、残った軒猿が哀れんだ。

木下三弥の願いを受けた大名の留守居役は五家にのぼった。というより、これ以上増やしても、同じ情報が重なるだけだと木下三弥が止めたのだ。

「いやあ、ご足労いただき、感謝しておりまする」

「こちらこそ、厚かましくもやって参りました」

六郷大和は、顔は知っているが宴席では初めてになる岸和田藩岡部家の留守居役から、吉原へ招かれていた。

「あらためまして、岡部美濃守の家臣留守居役長谷九郎兵衛《はせくろべえ》でござる」

「加賀藩前田家留守居役六郷大和でござる」

近隣組、同格組でない留守居役とは、江戸城中蘇鉄《そてつ》の間で顔を合わせるていどで、ほとんど話もしない。

二人はまず互いの名前を確認しあった。

「まずは一献」

といったところでやることは同じである。宴席で飲み食いし、その後で話をし、最後に床入りする。

毎日のように留守居役が繰り返しているだけに、宴席はすんなりと終わった。

「さて、おまえたちは用意しなさい」

長谷九郎兵衛の合図で遊女二人が、座敷から出ていった。

女たちが閨の用意をしているわずかな間が、留守居役の本領発揮になる。

「六郷どの」

「なんでござるかな、長谷どの」

笑いを消した長谷九郎兵衛に六郷大和が問うた。

「国家老の本多さまが出府されておられますな」

「はい」

隠す意味はない。六郷大和が認めた。

「なにをなさりにお出でになられたのでございましょう」

「上様のお呼び出しに応じただけでございまする」

六郷大和が答えた。

「では、なぜ、まだ江戸におられまするや」

長谷九郎兵衛が尋ねた。

国家老の出府には幕府の許可が要り、所用がすめばできるだけ早く帰国するのが慣例である。これは藩政がおろそかになって、国元が荒れて一揆などになってはたまらないからである。

当初はさほどうるさくはなかったが、天草《あまくさ》の乱で一揆が周囲へ伝播《でんぱ》し、天下を揺るがすような大事になったことで、幕府の方針に変化が出たためであった。

「…………」

六郷大和が黙った。

「お伺いできませぬか」

「いささか無理がございますな」

顔色を窺った長谷九郎兵衛に、六郷大和が首を横に振った。

「やはりいけませぬか」

「まだ、そこまでのおつきあいではございませぬ」

たった一度の接待で、なんでも訊けると思うのは厚かましいと六郷大和が、長谷九郎兵衛をたしなめた。

「では、いかがでございましょう。本多さまが江戸におられなければならぬ理由を片付けるためのお手伝いをさせていただきまするが」

長谷九郎兵衛が申し出た。

「はあ」

六郷大和がため息を吐いた。

「それを話せば、先ほどの質問への答えになりまするな」

「…………」

長谷九郎兵衛が黙った。

「これで失礼いたそう」

「えっ」

遊女を抱かずに帰ると腰を上げた六郷大和に、長谷九郎兵衛が唖然《あぜん》とした。

「本日は馳走になり申した。近いうちにお礼をいたしまする。では、御免」

「お、お待ちを」

帰りかけた六郷大和を長谷九郎兵衛が止めた。

ここで帰られては、接待は失敗になる。二度と長谷九郎兵衛だけでなく、岸和田藩の留守居役の接待を加賀藩の留守居役は受けてくれない。

普通は、一度接待を受けたならば、話の内容にもよるが、宴席を設けるなり、国元の名物などを贈って貸し借りを消しつつ、今後のつきあいの道を作る。

だが、接待が気に入らなかった場合は、そのためにかかった費用に少し色を付けて、返すことで、貸し借りをなくし、交流を断つ。

数万石ていどの小藩ならば、今後のかかわりを考えて、多少の腹立たしさを飲みこみ、つきあいを疎遠にしつつも続けるが、御三家や加賀前田、越前松平《えちぜんまつだいら》、仙台《せんだい》伊達など大大名は違った。

「無礼であろう」

六郷大和が機嫌の悪い声で、長谷九郎兵衛を睨みつけた。

「お詫びは幾重《いくえ》にも」

長谷九郎兵衛が六郷大和を逃がさぬように立ちふさがりながらも、頭を下げた。

「どうなさると」

「いかようにもいたしましょう」

六郷大和に言われた長谷九郎兵衛が述べた。

「ふむ」

六郷大和が怒気をおさめた。

「お詫びをくださるのだな」

念を押した六郷大和が、長谷九郎兵衛の反論を待たずに続けた。

「では、委細は後日。こちらからお誘いしよう」

「そちらから、お誘いくださるか」

誘うと言った六郷大和に長谷九郎兵衛が安堵した。

二

百万石の加賀藩ともなると、留守居役も十人をこえる。

そのうち城中蘇鉄の間に詰める当番、本多政長の案内役という名目で現場から外されている数馬を除いた八名が、毎日の宴席に駆けずり回っていた。

「かなわぬ」

朝、吉原から帰ってきた留守居役たちが、控え室に集まった。

「身体が保《も》たぬわ」

留守居役は難しい外交を担うため、世慣れた者が就く。どうしても歳を重ねた者が留守居役には多くなり、連日の接待は、身体にこたえた。

「いたしかたあるまい。断るわけにはいかぬのだ」

五木が文句を口にした者をたしなめた。

基本、申しこまれた接待は受けなければならない。求められたら応じるのが留守居役の仕事でもある。会いたいには会いたいだけの理由があるのだ。断ってしまえば、こちらから接待をとなったときの負い目になる。

もちろん、個人と個人の話ではなく、藩と藩なのである。いくつもの問題が複雑に絡み合う。単純に好き嫌いで片付けるわけにはいかない。

なんの得にもならない、顔を見るだけでも気分が悪くなる、対応のまずさに腹が立っても顔に出してはいけないし、それらを理由に拒絶することもよくなかった。

多少のわがままは許される大藩といえども、孤立はまずい。

一万石の小藩と侮っていたら、老中と深い親交があったり、お手伝い普請の実質を差配する普請奉行の本家だったりする。

多少のことは目を瞑《つむ》るか、落としどころを考えながら怒る。これが留守居役として、できるかできないかに繋がる。

意味はないとわかっている接待を受けるのも仕事であった。

「で、やはり安房さまか」

「はい」

「さようでござる」

六郷大和の確認に留守居役たちがうなずいた。

「どのようなことを聞きたがる」

一同の返事を聞いた六郷大和が具体的な内容を問うた。

「なにをしに江戸へ出て来られたのか」

「先日の藩邸前での騒動とはかかわりあるのか」

「いつごろ国元へ戻られるのか」

留守居役たちが次々に報告した。

「五木」

「おおむね同じでございまする」

六郷大和に顔を向けられた五木が応じた。

「……おおむねとはどういうことぞ」

引っかかった六郷大和が尋ねた。

「一人だけ、違ったことを問うた者がおりました」

「なんじゃ」

告げた五木を六郷大和が促した。

「本多さまがなにかお困りではないのか。そのために江戸へ来られたのではと」

「……どこの家だ」

すっと六郷大和の目が眇《すが》められた。

「下野烏山那須《しもつけからすやまなす》遠江守《とおとうみのかみ》さまでござる」

「那須さまか……たしか、先日八千石を加増されて烏山に移られたばかりだの」

五木の答えから、六郷大和が記憶をたどった。

「当家とかかわりはあったかの」

六郷大和が首をかしげた。

大名、旗本は婚姻や養子を重ね、血を交えている。よく知らない相手が、縁戚であったということはままあった。

「那須さまは、姉君がお楽《らく》の方さまでございまする」

五木が頭を少し垂れて、敬意を表した。

「お楽の方さま……三代将軍家光さまのご側室で四代将軍家綱さまの御生母さま」

六郷大和が息を呑んだ。

もとは系譜さえ定かでない傘屋の娘だったお楽の方は、大奥で奉公しているときに、女色の味を覚えた家光に召し出され、家綱を産んだ。

将軍世子を産んだという功績は、泰平ではもっとも大きい。傘屋だった父親は出家していたため栄誉に与からなかったが、お楽の方の長兄は増山弾正忠正利《ましやまだんじようまさとし》と名乗り、いきなり下野下館《しもだて》で二万石を与えられ、大名に列した。

続いて次兄の忠右衛門《ただえもん》は生まれた家綱の小姓として、廩米《りんまい》二千俵を給されて旗本に列した後、五千石の寄合旗本那須家の養子に入り、何度か加増を受けて、先日二万石の大名になった。

四代将軍家綱にとってもっとも近い血筋、叔父ではあったが出自が傘屋と低いため、これ以上の出世はなかった。武家としての素養もなく、言葉遣いはもとより文字の読み書きも怪しいとあれば、政に加えるわけにはいかないのだ。

「当家ともかかわりがないとは言えぬか」

血の繋りはないが、どちらも将軍家の一門ではある。

「しかし、一度も遣り取りをしたことさえないぞ」

上野国《こうずけのくに》ならば、まだ加賀藩参勤の途上でつきあいがあってもおかしくはないが、下野国では、近隣組ではない。

また、徳川に連なる者とはいえ、将軍の血が流れている加賀藩前田家とは違い、娘が将軍を産んだだけで、那須家あるいは増山家に徳川の血は一滴も流れていない。禄高も五十倍以上違う。同格組でもない。

極論でいけば、那須家は前田家にとっていないも同然の家であった。

「向こうも同じでございましょう」

五木も同意した。

「その那須家が当家につきあいを申しこみ、本多安房さまの動向を気にする。いや、手伝おうと言ってきた」

「不可思議でございまする」

六郷大和と五木が顔を見合わせた。

「那須家について、詳しく調べなければならぬの。かと申して、とても手が回らぬ」

留守居役はそれこそ連日の宴席で身動きがとれない状況にある。

「誰かに頼みましょうや」

なにも留守居役に限らずともよいのではないかと、誰かが提案した。

「最悪そうするしかないが、できれば他藩の内情は留守居役の範疇《はんちゅう》で留めておきたいのだ。いろいろ面倒を引き起こしかねぬであろう」

「たしかに」

六郷大和の危惧を五木が理解した。

留守居役は外へ気を遣う。対して、他の役職は藩のなかを見る。どうしてもそこに差違が生まれ、こちらの求める情報が欠けていたり、不要なところばかり掘り返したりする。

下手をすれば、こちらが調べていることを相手に気取らせて、ことを表沙汰にしてしまうこともある。

「加賀さまは、当家になにか思うことがござるか」

こう逆ねじを食わされて、要らぬ借りを作りかねないのだ。

「村井《むらい》さまならどうにかなさってくださろうが、お忙しいしな」

武田《たけだ》党によって破壊された長屋の再建、馬鹿をしでかした横山玄位の後始末と、家老村井次郎衛門《じろうえもん》は多忙を極めている。とてもあらたな負担をかけるわけにはいかなかった。

「……やむを得ぬ」

六郷大和が表情を引き締めた。

「どうなさる」

五木が訊いた。

「本多さまを頼る」

「なっ……」

口にした六郷大和に、五木が目を剝いた。

「毎日、瀬能を連れて江戸見物を楽しんでおられると聞いた。一つくらいお願いをしても、お怒りにはなられまい。なにより、ことの原因は、本多さまじゃ。お力添えく

した。

己を鼓舞《こぶ》するように言う六郷大和から、五木が巻きこまれてはたまらぬと目を逸《そ》らした。

「……頑張ってくれ」

だきって当然だろう」


連日の江戸見物に出かけず、本多政長は数馬の長屋にいた。

「本日はよろしいのでございまするか」

「そろそろ動きがあるだろうからの」

どこへも出かけないのかと尋ねた数馬に、本多政長が笑った。

「それにあまりおもしろいものでもないわ。江戸は、どこへ行っても人ばかりで、ゆっくりとできぬ。なにより老人への気遣いがない。余生短き年寄りが、ご本尊を前にして後生を願うため、少し長めに拝んだくらいよいであろうが。それを、爺さっさとどきやがれ、邪魔だ婆婆ふさぎとはどういうことぞ。金沢でそのようなことを言う者はおらぬ」

本多政長が怒り始めた。

「江戸は将軍のお膝元でございますれば、そこに住まう者どもも天下の町民だと尊大になりまする。実際、諸藩の家臣が民といざこざを起こせば、藩士が咎めを受けることもあるとか」

「武士でございと身分をかさに、民を虐《しいた》げるような者なんぞ、屑《くず》でしかないが……武士への尊敬をなくすくらいならまだしも、侮るようになっては困ることになるぞ。天下の民には法度《はっと》も通じぬと思いこまれれば、江戸は乱れる。そして、江戸が乱れれば、それは伝播する」

述べた数馬に、本多政長が険しい顔をした。

「武家が偉いわけではない。己を律し、守る者だから武家は人々から頼られ、尊敬される。それが薄いということは、政を私にしている者がおるということでもある」

本多政長が嘆いた。

「大殿さま」

嘆いている本多政長の前に、刑部が伺候した。

「お屋敷より報告が」

「参ったか。通せ」

「はい」

うなずいた本多政長に、刑部が一度下がった。

「お久しゅうございまする」

もう一度戻ってきた刑部の後ろに、壮年の武士が従っていた。

「川部《かわべ》ではないか。八年ぶりになるかの。壮健そうでなによりだ」

本多政長が壮年の武士を見て、喜んだ。

「殿さまもお変わりなく」

「世辞《せじ》は止めよ。日ごろは気づかぬが、旅をすればわかるの。老いたわ」

川部と呼ばれた壮年の武士に、本多政長が手を振った。

「早速じゃが、話を聞かせよ」

「こちらは……」

急かした本多政長から川部が数馬へと目を移した。

「会うのは初めてか。こやつが瀬能数馬、琴の夫、吾が娘婿である」

本多政長が数馬を紹介した。

「こちらのお方が、姫さまの」

川部が姿勢を正した。

「こやつはの、江戸における軒猿衆の束ねをしておる川部という。よく教えてもらうがいい」

「川部仁騎《にき》でございまする。どうぞ、よろしくお願いをいたしまする」

本多政長の言葉に川部が続けて名乗った。

「瀬能数馬でござる。留守居役を承っておりまする。こちらこそ、よしなに願いまする」

数馬も応じた。

「お名前ちょうだいをいたしましてございまする」

川部が深く一礼をした。

「さて、それでは……」

ふたたび本多政長のほうへと川部が身体を向け直した。

「遠慮いたしましょう」

話が始まる前に、数馬は退出すると申し出た。

「無用じゃ。そなたも聞いておけ」

気遣いを拒んだだけでなく、同席を本多政長が求めた。

「よろしいので」

「前も申したであろう、そなたはもう本多の一門じゃ。好むと好まざるにかかわりなく、そなたは加賀のすべてに巻きこまれる」

「すべて……」

本多政長の言いぶんに、数馬は啞然とした。

「そうだ。すべてにな」

もう一度本多政長が言った。

「……………」

「巻きこまれる前に知っていれば、あらかじめ対応もできる。また、巻きこまれてからでも、落ち着いて対処できるだろう。どこかに落とし穴が掘られていると知っていれば、避けることもできよう。万一落ちたとしても、そのための用意ができていれば、這い上がることも容易じゃ」

黙った数馬を本多政長が諭《さと》した。

「ということじゃ。さあ、川部」

さっさと話を始めろと本多政長が命じた。

「はっ。では……現在、本多家の江戸屋敷は見張られておりまする。伊賀組と思わしき者の姿を二人、確認いたしましてございまする」

「二人だけか」

川部の報告に本多政長が怪訝《けげん》な顔をした。

「はい」

「となると、ここか」

うなずいた川部に本多政長が述べた。

「五人までは数えましてございまする」

淡々と川部が認めた。

「今まではどうであった」

「しばし、お待ちを。佐奈《さな》」

問われた川部が、廊下へと声をかけた。

「おりませぬ」

いつの間にか廊下に控えていた佐奈が否定した。

「泥縄か」

本多政長が鼻で笑った。

「殿が、出府されると届けられた直後は当方屋敷近くに四人ほどおりました」

一応付け加えておくといった感じで、川部が話した。

「排除いたしまするか」

佐奈が無表情で訊いた。

「止めておけ。後片付けも面倒であるし、なにより伊賀組を誘うことになる」

物騒《ぶっそう》な一言を口にした佐奈へ、本多政長が手を振った。

伊賀組は本多政長の行動を見張るために忍を出している。

その忍が帰ってこなくなれば、伊賀組は緊張する。手足を失おうが、仲間を踏み台にしようが、生きて帰ってこその忍である。それが帰ってこないとなれば、討ち果たされたとわかる。そして、同僚を殺された忍はしつこい。復讐を果たすまで、何年かかろうが、付け狙う。

「はっ」

佐奈が引いた。

「どういたしましょう」

あらためて川部が指示を仰いだ。

「……そうよなあ」

本多政長が腕を組んだ。

「邪魔にはなっておらぬのだな」

「はい、我らの屋敷は普段と何一つ変わりませぬ」

「いささか、出入りのたびに後を付けて参りますのがうるさいくらいでございまする」

問うた本多政長に、川部と佐奈が実害はないと答えた。

「ならば、放っておけ」

「よろしゅうございますので」

相手にするなと言った本多政長に、川部が念を押した。

「見ているだけならばな。聞き耳を立てたときは始末せよ」

本多政長が条件を付けた。

「屋敷の敷地に入ったら、滅してよいと」

「他家に入りこんだ隠密は、どうされても文句は言えぬのが決まりであろう」

うれしそうに確認を求めた川部に、本多政長も口の端を吊り上げた。

おまえを探るために隠密を出したが、帰ってこないぞなどと言えるはずはない。

「では、そのように」

川部が本多政長と数馬に頭を下げて、出ていった。

「伊賀者と申せば、幕府の手でございましょう。それを入りこんだというだけで、始末してもよろしいのでございますか」

数馬が本多政長の指示に驚いていた。

「幕府の手……」

本多政長があきれた顔をした。

「たしかに幕府の手だがの。捕まえたからといって、老中や大目付、目付などのどこへ苦情を持ちこんでも、そんな者は知らぬと言われるぞ」

「それはそうでございましょう。幕府として、大名家に隠密を送りこんだなどと言えようはずもございませぬ」

数馬が納得した。

「であろう。ならば問題あるまい。屋敷の外ゆえ、後片付けが面倒なのだ。内側に入ってくれれば、焼こうが埋めようが、誰も見てはおらぬ」

本多政長が平然と述べた。

「伊賀者はしつこいと聞きましてございますが、討ち果たしても……」

復讐を果たすまで何度でも狙って来るとなれば、かえって面倒ではないかと数馬が首をかしげた。

「少し言葉足らずであったかの。なかに入りこんで殺された。これは、忍びこんだ者より、入りこまれた者のほうが上であるということよ。つまり、技で負けた。それを復讐などと騒げば、己たちの未熟を棚に上げてと、世間の嘲笑《ちょうしょう》を買うことになる。

だが、外での場合は、不意討ち、罠などいろいろと条件が出てくるだろう。油断していたとかな」

「はあ」

あまりの理由に数馬があきれた。

「おかしいと思うだろう。だが、それも忍というものだ。油断していたなどというのは、負けた理由にならぬと思うがの」

本多政長も笑った。

「まあ、どうとでもできる。いざとなれば、上様に隠密を止めてくれと願えばいい」

「それはまた……」

数馬が驚愕した。

「伊賀者は徳川家の御家人ぞ。上様のお言葉には従う」

「隠密御用でございましょう」

本多政長の言葉に、御用という限りは幕府の指示だろうと数馬が戸惑った。

「上様が直々に隠密御用を命じられると思うか」

本多政長が数馬に訊いた。

「天下の政は多種多様にわたる。それを一人で裁可し、要りようなところまで隠密を派遣する。わかっているとは思うが、隠密は派遣するだけでは意味がないのだぞ。戻ってきた隠密から報告を受け、それに合った方針を立てなければならぬ。これだけのことを上様お一人でできるわけなかろうが」

「では、誰が隠密を……老中」

己で気づいた数馬が声をあげた。

「そういうことだ。伊賀者は今、老中の支配下にある。もっとも、屋敷を見張っている伊賀者が、どの老中の指示を受けておるのかまでは、わからぬがの」

加賀藩前田家を危惧しているのは、大久保加賀守だけではないと本多政長が告げた。

「誰であろうとも、隠密御用を止めることは容易《たやす》い。儂は伊賀組に貸しが一つあるからの。上様のお命という大きな貸しが」

本多政長が嗤った。

三

川部が帰った後、入れ替わるように六郷大和が数馬を訪れて来た。

「本多安房さまにも同席を願いたい」

客間へ通された六郷大和が、本多政長にも話を聞いて欲しいと求めた。

「留守居役のことは留守居役だけで片をつけるべきではないのか」

「失礼ながら、本多さまにもかかわりがございますれば」

逃げ出そうとした本多政長を六郷大和が制した。

「では……」

数馬と本多政長を前にして、六郷大和が経緯を語った。

「なるほど」

「それはっ……」

うなずいた本多政長に比して、数馬は驚いた。

「儂の行動が、そこまで興味を引いておるとはの」

本多政長が感心した。

「上様のお召しで出府したと知っている者も多いようじゃが。行列を仕立てたわけでもないが、よく調べられておるの」

「それくらいは、江戸城のお城坊主とのつきあいをしていると申しますか、金の遣いかたを知っていると申しますか、少しまともにお役目を果たしている留守居役ならば、耳にしていて当然かと」

本多政長の疑問に六郷大和が答えた。

「坊主の口から漏れるか」

「お城坊主は、どこへでも入れますので」

ため息を吐いた本多政長に、六郷大和が告げた。

「城中での出来事は、お城坊主から留守居役に漏れると」

「おおむねは」

本多政長の確認に、六郷大和が首肯した。

「使えるの」

小さく本多政長が呟いた。

「で、儂にまで話を聞かせたというのは、その那須某かのことを調べて欲しいということか」

「いかにも」

「また難しいことを言うの。そなたの望みは、儂に手伝わせ、瀬能がそれをした形にしたいのであろう」

「ご賢察の通りでございまする。留守居役のことは留守居役でという不文律を守りたく、お願いを申しあげまする」

真意を見抜いた本多政長に、六郷大和が頼んだ。

「形だけ整えても意味はないぞ……と言いたいところだが、おぬしには瀬能を留守居役にしたときの借りがある」

「おわかりいただけて、なによりと存じまする」

引き受けると言った本多政長に、六郷大和が安堵した。

留守居役は藩の顔として、働かなければならない。いろいろな役目を経験し、妻も娶り子を生《な》して、さまざまな喜怒哀楽を経験していなければ、務まらない難役である。そこに金沢から江戸へ出てきたばかりで、代々無役に等しい珠姫さまの御陵守りを受け継いだだけの経験しかない独り者を押しこもうというのだ。

当然、何十年もかかって、築きあげた関係を一夜にして無にしかねないと、留守居役たちは危惧し、反対した。

それを説得したのが六郷大和であった。

藩主前田綱紀の意向もあったとはいえ、留守居役肝煎である六郷大和が味方になってくれたのは大きく、なんとか数馬をその役目にできた。

「ただし、これで借りは返したぞ」

「いささか、安すぎる気がいたしまするが……」

一回で返済終了はと六郷大和が文句を言いかけた。

「こやつの活躍を甘く判断しすぎておるようじゃの」

すっと本多政長の雰囲気が冷たいものになった。

「小沢兵衛《おざわひょうえ》を見逃していたのは、誰ぞ」

本多政長が藩の金を押領して脱藩した留守居役の名前を出した。

「それは……」

「越前松平家へ貸しを作れたのは、誰の手柄じゃ」

「…………」

「儂の出府届けを早めに書き換えさせ、評定所へ出頭できるようにしたのは」

今、本多政長が口にしたすべてに数馬はかかわっていた。

「藩の危機に役立てぬ者を抱えておられるほど、加賀は裕福ではない」

「……畏れ入りましてございまする」

糾弾する本多政長に六郷大和が降参した。

「詫びは不要だ。それくらい厚かましくなければ、留守居役など務まるまいからの」

厳しい雰囲気を本多政長が緩めた。

「……ほう」

小さく六郷大和が息を吐いた。

「で、では、よろしくお願いをいたしまする」

用件をすませた六郷大和が、そそくさと出ていった。

「義父上……」

「これも交渉である」

脅しすぎだと咎めようとした数馬を本多政長が抑えた。

「同藩の者であろうとも、気を抜くな。藩にあっては同僚は敵だと思え。皆、己が出世したいがために、足を引っ張ってやろうと画策しておる」

「な、なにを……」

「家でもそうじゃ。息を抜いておると負けるぞ」

「誰に負けると」

数馬が混乱した。

「言わずともわかろうが。琴じゃ」

「琴に拙者が負ける……意味がわかりませぬ」

妻の名前を出した本多政長に、数馬が首をかしげた。

「そうか。そうか。それもよかろう」

本多政長が満足そうに笑った。

「義父上」

「さて、行くぞ、数馬」

さらに咎めようとした数馬を無視して、本多政長が立ちあがった。

椋次郎は四谷《よつや》にある伊賀組組屋敷へと戻って来た。

「お頭」

伊賀組同心の長屋が同じように並ぶなか、少しだけ大きな敷地を与えられている奥の建物に、椋次郎は足を踏み入れた。

「椋次郎か。控えておれ」

「はっ」

言われた椋次郎が庭先に膝を突いた。

「報告じゃな。申せ」

顔を出した背の低い壮年の男が縁側に立ったままで命じた。

「本多屋敷に姿は見えませぬ。屋敷の様子もなに一つ変わりはございませぬ」

椋次郎が告げた。

「見落としてはおらぬだろうな」

「もちろんでござる」

頭の疑いに、椋次郎が大きく反発した。

「本多安房が加賀屋敷におるのは確認されておるが、当主が江戸屋敷に滞在せぬというに、屋敷の者どもに変わりがないというのは、妙だな」

「…………」

相づちを求めているのではなく、己の考えをまとめるための独り言だとわかっている。椋次郎は黙って待った。

「なにを考えている、本多」

頭が眉をひそめた。

「…………」

「揺さぶってみるか」

無言を続けている椋次郎を見て、頭が呟いた。

「……揺さぶるでございまするか」

さすがにかかわりなしとは言えなくなっている。椋次郎が怪訝な顔をした。

「侵入し、内部を探れ」

「本気で……」

思わず椋次郎が聞き返した。

本多家江戸屋敷に、戦国の上杉家を支えた忍の軒猿がいることは、伊賀者ならば誰でも知っている。

伊達の黒はばき、薩摩《さつま》の捨てかまり、真田の歩き巫女《みこ》などと並んで、泰平の世に生き延びているのだ。その実力は高い。

「できぬと申すか。軒猿に勝てぬと言うならば、かまわぬぞ。人はいくらでもいる」

「……………」

頭の言葉に椋次郎が黙った。

伊賀組はかつての勢力を失っている。二代目服部半蔵《はっとりはんぞう》が愚かで伊賀組を把握できず不満を溜めさせ、叛乱を引き起こしてしまったのだ。結果は、言うまでもなく伊賀組の敗北で終わった。どれほど忍が、優れていようとも二百ほどで万をこえる旗本、御家人にかなうはずはない。

なんとか二代目服部半蔵は改易に追いこんだが、伊賀組も四つに分割され、かつての勢いを失った。

伊賀者全体に大縄地として与えられていた禄は取りあげられ、代わって支給されたのが二十俵一人扶持から三十俵三人扶持という武士身分のなかでは、最下級の禄であった。

それも分割されたどの組に入るかで話が変わる。

江戸城の退き口とされる山里廓《やまざとくるわ》を管轄する山里伊賀者、名前の通り空き屋敷の保全を担当する明屋敷伊賀者、実際に屋根へのぼったり塀へ張りついて小さな修繕をおこなう小普請伊賀者などは、二十俵一人扶持からの開始になる。

対して大奥の警備を担う御広敷伊賀者は多い目の三十俵一人扶持と優遇される。これは、将軍と将軍の一族の陰守をするからとされていた。

だが、そのじつは違っていた。

御広敷伊賀者が、隠密御用を受けるからであった。

隠密御用は、将軍が大名の動向や、江戸城下の様子を探らせるために命じるものであったが、伊賀者の謀叛によって直接将軍と伊賀者を二人きりで会わせるのはまずいと問題になったことで、老中が代行するようになっていた。

最初は将軍家に代わっての役目であると畏れ入っていた老中たちも、なれてくる。やがて、隠密御用は老中の権だと思うようになる。

御広敷伊賀者もそれが当たり前になり、将軍から御用を受けた者はいなくなり、老中の言うがままに動くようになった。

というのは、隠密御用には手当が出るからだ。

当たり前のことながら、薩摩や仙台へ行くには、それだけの金がかかる。宿は野宿、食いものは現地調達したとしても、船の渡し賃や橋の通行料金は要る。

そこで隠密御用に発つ者には御用を言いつけたときに、行く場所や期間を考えた金が与えられた。旅先でなにがあるかわからないため、かなりの余裕をもった金額が支給される。それこそ、薩摩島津《しまづ》家へ隠密に行くとなれば、商人に偽装することもある。そのときの商品仕入れの元手も含まれる。

ようはかなりの金額がもらえる。

さらに、その金は余っても返さなくていいのだ。

隠密御用は、その性質上、他言をはばかる。命じられた伊賀者はもちろん、命じた老中も一切口にしない。それは実質金を支給している勘定方にも知らされない。

「いくらの隠密御用費用を出せ」

こう老中が言えば、手慣れた勘定方なら、そこから大体どこに行くかを計算できる。それでは意味が無いため、隠密御用の金は誰がいくら遣ったかわからないようにしなければならなかった。

となれば、釣りなど返されてはかえって面倒になる。

なにより老中たちは、金の苦労なんぞしたこともない大名である。渡した金がどれほどだったかなど、覚えていない。そもそも武士は金を汚いものとして忌避《きひ》する。土地のために命はかけるが、金のためには手を出すのも嫌だと考えている。

おかげで御広敷伊賀者は、隠密御用で遠国へ行かせてもらえれば、かなり余得を得られる。

となれば、誰だって御広敷伊賀者になりたい。現状、御広敷伊賀者の定員は多く、六十名からいるとはいえ、分割される前の伊賀者は二百ほどいた。三人に一人しか、御広敷伊賀者にはなれないだけに、奪い合う。

「…………」

椋次郎が頭の無理にも反抗できないのは、これが理由であった。

「気に入らぬか……ふむ。そうよなあ、ならば、餌をくれてやろう」

頭が蔑《さげす》むような目をした。

「この役目を果たせたならば、そなたと柴助を遠国御用に出してやる」

「遠国御用……」

告げた頭を椋次郎が窺うように見上げた。

「……わかっている。遠国御用と言った以上は、九州か、中国、あるいは四国じゃ」

頭がうっとうしそうに述べた。

遠国御用のなかには、一泊二日、二泊三日で終わるようなものもある。それでは、余得も一朱に届かない。遠くなればなるほど手元に金は残る。

「……たしかに伺ってござる」

後で約束を反故にはさせぬぞと釘を刺して、椋次郎が江戸本多家屋敷への侵入を引き受けた。

四

那須家のことを調べてくれと六郷大和に頼まれた本多政長は、数馬とその家士石動《いするぎ》庫之介《くらのすけ》を連れて加賀藩上屋敷を出た。

「そろそろ来るやも知れぬ。残れ」

いつも連れている軒猿頭刑部一木《いちもく》に、本多政長は残留を命じた。

「佐奈一人では足りぬと」

「一人では手が足らぬこともあろう」

娘だけおれば大丈夫であり、本多政長の身こそ大事だと拒みかけた刑部に、本多政長が述べた。

「それに数馬も人並み以上、石動にいたっては比する者を思いつかぬほどの腕じゃ。他人目《ひとめ》が多い江戸であの二人を抜き、儂に迫れる者が出てくるとは思えぬ」

「お気を付けて」

一度言い出したら聞かない本多政長である。そのことを嫌というほど知っている刑部が、引いた。

「よろしかったのでございますか」

同じ危惧を数馬が、屋敷を出たところで口にした。

「刑部を置いてきたことか」

「…………」

確認した本多政長に、数馬が無言で肯定を示した。

「あやつのことだ。陰供《かげとも》くらい付けている」

「なるほど」

その一言を数馬は受けいれた。

「儂は子供か。まったく、心配性の奴らばかりじゃ」

本多政長が不機嫌になった。

「殿」

石動庫之介がすっと二人の前に出た。

「どうした……あれか」

訊きかけた数馬が、石動庫之介の見ている先に目をやって気づいた。

十間（約十八メートル）ほど先に、尾羽《おは》うち枯らしたという体の浪人が五人集まっていた。

「まだ上屋敷を出たばかりだぞ」

騒ぎが起これればまちがいなく、加賀藩江戸屋敷に聞こえる。そんなところでの待ち伏せに、本多政長は驚いた。

「道を塞《ふさ》ぐな。寄れ」

主を持たぬ浪人は、町人と同じ扱いになる。石動庫之介が、五間（約九メートル）手前で大きく手を振って、邪魔だと言った。

「加賀藩前田家の家老、本多さまとお見受けいたす」

たむろしていた浪人のなかから、一人背の高い男が出てきて話しかけてきた。

「そのようなこと答える意味を認めぬ」

名乗りをしない者にこちらが応じる理由はないと石動庫之介が拒んだ。

「我らは、本多上野介《こうずけのすけ》さまの家中であった者でござる」

石動庫之介を飛びこえて、浪人が本多政長に話しかけた。

「歳が合わぬの。せいぜい四十歳か」

本多政長が木で鼻を括るような対応をした。

本家にあたる本多佐渡守正信の嫡男《ちゃくなん》上野介正純《まさずみ》は、宇都宮《うつのみや》十五万石の藩主であった。元和八年（一六二二）に改易の処分を受けている。それから六十年近く経っているのだ。もし、藩士として仕えていたとしたら、どう若くても七十歳はこえているはずであった。

「我らの父、祖父が本多の家臣であった。つまり、世が世なれば、我らは宇都宮藩士であった」

「ずいぶんと無理のある理屈じゃ」

鼻で本多政長が嗤った。

「…………」

石動庫之介も数馬も油断せず、本多政長と浪人の遣り取りを見ていた。

「理ではない。情のことを話しに参った」

「情……まさか、儂に召し抱えろという気か」

背の高い浪人の言いたいことを本多政長が見抜いた。

「……そうだ。我らは本多の家臣となるべくして、この世に生を受けた。だが、本多上野介さまの失政で、宇都宮藩は改易、家臣はみな路頭に迷うことになった。加賀の本多家はそのことについて一門としての責任がある」

「また、こねにこねたの」

本多政長があきれた。

改易された者がでたら、一族がその責任を負うべきだという背の高い浪人の理論は、論外であった。

もし、それが通るならば、徳川将軍は家康の四男忠吉《ただよし》、越前松平家二代松平忠直《ただなお》らの家臣を引き受けていなければならない。

「では、訊こう。そなたらの祖父や父はなにをしていた」

「拙者の父は、大手組の組頭を……」

「ではないわ」

問いかけに答えかけた背の高い浪人に、本多政長が語調を険しいものに変えて制した。

「……………」

「わからぬか。愚か者よな。誰に唆《そそのか》されたか知らぬが、それに気が付かぬていどに馬鹿なのだな」

黙った背の高い浪人を、本多政長が挑発した。

「なんだとっ」

「そこから馬鹿だとわかるわ。そなたらは儂に仕えたいと来ているのだろう。身形はいたしかたない。その日暮らしならばそこまで気が回らなくても許容できる。だが、その態度はなんだ。儂が召し抱えるといえば、そなたたちは家臣だぞ。その家臣が主君へ、そのような口の利きかたをするか。ふん、加賀の本多ではな、そのようなまねをした家臣は、その場で放逐じゃ」

「……………」

本多政長に窘められた背の高い浪人が黙った。

「さて、そなたらの品性が足りぬというのは、少し置いておこう。先ほど、上野介どのが失政を犯したお陰で浪人したと申したの」

「そうじゃ、上野介が悪い」

背の高い浪人が形勢の不利を逆転しようと考えたのか、大声を出した。

「主君が一人で政をするのか」

「……へっ」

本多政長に指摘された背の高い浪人が驚いた。

「一人で政をするなれば、家臣は要らぬの」

「…………」

「ようやく気づいたか。主君が家を潰したのは悪い。だが、それは主君一人の罪ではない。側にあって助言すべきだった家臣、裾を摑んでも主君のまちがいを止めるべきだった家臣、御上の動勢をしっかりと見つめ、警告を発すべきだった家臣らはなにをしていた。なにもしなかったから、宇都宮藩は潰された。さて、そなたらの祖父や父はどれにあたるかの」

本多政長が止めを刺した。

「ところで、誰に儂が本郷の前田家上屋敷におると教えられた」

背中を押した者は誰だと本多政長が問うた。

「…………」

浪人たちが目を逸らした。

「言えぬか。ならば、散れ」

本多政長が手を振った。

「ま、待ってくれ。それを言えば、召し抱えてくれるか」

背の高い浪人の後ろにいた小太りの浪人が、おずおずと尋ねた。

「足軽だな」

とても武士としての禄はやれぬと本多政長が告げた。

「それでもよい」

小太りの浪人が身を乗り出した。

足軽は藩によって扱いが違った。両刀を差して、薄禄ながら武士として扱うところもあれば、小者同様としているところもある。

本多家における足軽の扱いを訊くことなく、小太りの浪人がうなずいた。

足軽の禄は三石二人扶持から五石くらいまでが多い。家族が多ければ食べていくのには辛いが、そのぶんしなければならないことも少ない。一勤二休、一日働いて二日休むのが通常の状態で、休みの二日はなにをしてもいい。ほとんどの足軽は、その二日を利用して内職をし、わずかな庭を耕して野菜などを作っている。

贅沢などはとんでもなく、かろうじて飢えないといったていどだが、雨風をしのげる長屋は与えられる。

浪人にとっては、これだけでも魅力がある。小太りの浪人が、あっさりと陥落したのも、無理のないことであった。

「拙者だ、拙者が……」

「いや、吾が」

たちまち浪人たちが、声をあげた。

「止めろ。みっともないぞ。足軽風情になるために、我らはここへ来たわけではない」

背の高い浪人が一同を制しようとしたが、もうどうしようもなかった。

「大野《おおの》藩松平家の家老、津田《つだ》修理亮《しゅりのすけ》さまじゃ」

小太りの浪人を始めとして、何人かが口に出した。

「愚か者どもが。それでは、吾の仕官が……」

背の高い浪人が顔色を変えた。

「やれ、走狗のなかに傀儡《くぐつ》使いがまじっていたか。哀れよ、朋輩《ほうばい》を踏み台にして、己だけの立身を願うとは」

大きく本多政長が嘆いた。

「早山、きさまっ」

「我らを道具に使ったか」

本多政長の煽《あお》りに、浪人たちがのった。

「黙れ、頭を使えぬ者は人に使われて生きるしかないのだ。おまえたちは最初の予定通り、本多を襲えばいい。騒ぎさえ起こせば……」

追い詰められた早山と呼ばれた背の高い浪人が、内幕を漏らした。

「きさまあ」

「こいつが」

浪人たちが太刀を抜いて、早山に襲いかかった。

「うるさい」

早山も太刀を手にした。

「数馬。道を変えるぞ。巻きこまれるわけにはいかぬ」

すっと本多政長が踵《きびす》を返した。

「はっ」

数馬も続いた。

本多政長と数馬の後を付けている二人を除く、前田家上屋敷を見張っていた伊賀者たちが、日の高いうちにもかかわらず、動きを見せた。

「おい、そいつはこっちだ」

武田党に潰された長屋の再建のため、多くの大工や左官が出入りしているのだ。

さらに大工や左官は棟梁ごとに職人を差配している。日雇いの人足《にんそく》たちも各々が勝手に連れてきているとなれば、二人や三人、見かけない顔の者がいても誰も気づくことはない。

「へい」

人足に扮した伊賀者が、その辺に置かれている木材を担いで普請現場へと入りこんだ。

「…………」

木材を適当に置いた伊賀者が、身軽に長屋の屋根へと跳びあがった。

明暦の火事以降、幕府は延焼を防ぐ効果を狙って、瓦屋根を推奨していた。とはいえ、瓦は高い。町屋はいまだに板葺きが多く、大名屋敷でも御殿は面目《めんぼく》にかけて瓦屋根としたが、藩士たちの住む長屋までは手が回っていないというところもある。

そんななか、加賀藩は百万石の誇りにかけて、長屋はもとより、厩まで瓦葺きとしていた。

瓦屋根は人が乗ると音を立てる。しかし、伊賀者は音も立てずに、屋根を駆け、数馬の長屋の上へ取りついた。

「…………」

三人の伊賀者が手で合図を送り合った。

「…………」

その合図にうなずき合った三人が、屋根から庭へと飛び降り、音もなく着地したあと、二人が縁側から侵入、残った一人が床下へと潜りこんだ。

「もう少しで煮物ができるというに」

台所で夕餉の用意をしていた佐奈が眉間にしわを寄せた。

「そんな顔をするな。殿さまに嫌われるぞ」

隅で薪を細かく鉈《なた》で割っていた刑部がため息を吐いた。

刑部は琴と数馬が仮祝言を挙げて以降、本多政長を大殿、その嫡男主殿《とのも》を若殿、そして数馬のことを殿と呼ぶようになっていた。

「殿さまの前でこのような顔は見せませぬ」

手にしていた箸を置いた佐奈が父親に抗議した。

「父上こそ、調度品を壊して、殿さまのお叱りを受けられますな」

「言うまでもない」

娘の忠告に、刑部が笑った。

「ぬん」

笑いを消す前に、刑部が手にしていた鉈を家のなか目がけて投げた。

「かふっ」

抜けるような声を漏らして、一人の伊賀者が台所の半分を占める板の間に転んだ。

「軒猿かっ」

もう一人が懐から棒手裏剣を出して投げつけた。

「……………」

無言で側にあった鍋蓋を取った刑部が盾代わりにした。

「死ねっ」

盾を使った隙を伊賀者は見逃さず、懐から出した反りのない匕首《あいくち》のような短刀を刑部へ向けて突き出した。

「ふっ」

息を抜きつつ、刑部が上半身から後ろに倒れこむようにした。短刀を避けつつ、空中に浮いた足で、伊賀者の右手を蹴飛ばした。

「……くっ」

浮きながらの蹴りで威力が足りず、伊賀者の腕は折れなかったが、短刀を弾き飛ばすには十分であった。

「おのれっ」

短刀を失いながらも伊賀者は、地に転がった刑部の上へのしかかろうとした。

「…………」

声を出さずに刑部が笑った。

「がっ……」

刑部によって、棒手裏剣を突き立てたままの鍋蓋を顔に叩きつけられた伊賀者が、うめき声を最後に沈黙した。

「では、わたくしも」

佐奈が煮物の入っている鍋を台所板の間の床下へとぶちまけた。

「ぎゃっ」

煮え立っていた煮物と汁を顔に喰らった伊賀者が、思わず絶叫した。

「隙だぞ、未熟なり」

叫んだ伊賀者へ向けて佐奈が菜箸を投げつけた。菜箸が伊賀者の目から入って脳を破壊した。

「二人目だけだったな、忍と呼べたのは」

「短刀を失っても」

感想を言った刑部に、佐奈があきれた。

「あれは刺されれば幸いといった感じであろう。狙いは吾を地に転がすことだったろう」

「父上を転がして、なんの得が」

佐奈が首をかしげた。

「床下の男が、吾の立ち際を狙うつもりだったと見た。上からのしかかられるのを嫌がって、身体を右なり左なりに転がして、その勢いで立ちあがろうとしたところへ、手裏剣を撃ちこむ。人は立とうとするとどうしても重心がぶれて、体勢が一瞬とはいえ不安定になる。そこへ手裏剣が来れば避けるのは難しい。また、避けられたところで体勢の狂いはそれも相加わって、より酷くなっているはずだ。そこをのしかかろうとした男が、下から斬りつけるなり、手裏剣を足に突き刺すなりすれば……」

「足をやられてしまえば、忍の技はほとんど封じられる」

刑部の説明に、佐奈が息を吞んだ。

「まさか、避けようともせず、鍋蓋で殴られるとは思ってもいなかったろうがな」

己の投げた手裏剣の後部を顔に突き刺されて死んでいる伊賀者を、刑部が見下ろした。

「……父上」

不意に佐奈が冷たい声で呼んだ。

「…………」

刑部がしまったという顔をした。

「壊さないようにとお願いをいたしたはずでございますが……」

佐奈が鍋蓋を見た。

「新しいのを買ってくる」

「先に、片付けをお願いいたしまする。わたくしはもう一度煮物を最初から作り直さなければなりませぬので」

逃げ出そうとした刑部を、佐奈が止めた。

本多政長のことを少しでも調べようと、数馬の長屋を襲った同僚が全滅したとも知らずに、椋次郎と柴助は、本多屋敷を見張っていた。

「どうする。暗くなるのを待つか」

「いいや、暗闇は忍の味方じゃ。日が落ちたからといって、我らに有利にはならぬ」

柴助の相談に椋次郎が反対した。

「ならば、今からか」

「死にたいのか」

今度は冷たい椋次郎の声が返ってきた。

「ではどうする」

「夜明けを狙おう。暗い間緊張していたのが、日の光を見た瞬間緩む。これは人としての性《さが》じゃ」

柴助の問いに椋次郎が答えた。

「夜明けか。ちょっと先じゃな」

「ああ」

「なれば、少し離れるぞ」

「どうした」

柴助の言葉に、椋次郎が怪訝な顔をした。

「厠《かわや》じゃ、厠。まったく、古い腹養丸なんぞ喰わせるから……」

苦笑しながら柴助が腹を押さえた。

「仕方ないの。急げよ」

椋次郎が認めた。

どれほど忍が鍛練《たんれん》を積んでいても、下痢は止められない。もちろん、平然と漏らすくらいの覚悟はできている。何日も屋根裏や床下で忍ぶこともあるのだ。厠になんぞ行けるはずもなく、忍衣装のなかに排出する。

ただ、匂いだけは消せなかった。身体の臭いを消す効果のある薬草を忍衣装に染みこませてあっても、下痢までは隠しきれない。

なにより、戦っている最中に腹痛を再発して集中が切れれば、命にかかわる。

椋次郎が柴助を行かせたのも当然であった。

「遅いの」

早飯、早糞は武士のならいといわれているが、忍はそれ以上である。小便なら一瞬、大便でも瞬《また》きを繰り返すほどの間で終わらせる。

しかし、柴助は小半刻（約三十分）経っても戻ってこなかった。

「おかしい」

椋次郎が警戒を強めた。

「遅いわ」

あわてて後ろを振り向いた椋次郎の鳩尾《みぞおち》に深々と柄《つか》を外した槍の穂先が突き刺さった。

「あぐああっ」

「見ているだけならば、放っておいてやったものを」

呻《うめ》く椋次郎に本多屋敷の軒猿が告げた。

第三章　血筋の辛さ

一

参勤交代で国元に戻った藩主は忙しい。江戸だとたまに国元からの報告を受けるくらいですむ政が、毎日届けられるからであった。

「尽きぬの」

すでに朝から二刻（約四時間）書付を処理していた加賀前田藩五代当主綱紀が、次々に届けられる追加に嘆息した。

「よろしくご裁可をいただきたく」

執務の補佐として付いている加賀藩人持ち組頭として二万石以上の所領と執政の肩書きを与えられている前田対馬《つしま》孝貞《たかさだ》が、淡々と告げた。

「いつもより多いぞ」

積まれている書付を手にした綱紀が文句を言った。

「それに、今までこのような内容のものを見たことはない」

綱紀が数枚の書付を抜き出して、振った。

「それらは本多安房どのが、筆頭宿老の権をもって処理なさっておられました」

「ならば、余にさせずともよかろう」

答えた前田孝貞に、綱紀が不満を述べた。

「筆頭宿老がおりませぬので」

「……ならば主殿に」

本多政長の留守が原因だと述べた前田孝貞に、代理にさせればいいと綱紀が言いかけた。

「できぬとおわかりのことを、仰せられまするな」

前田孝貞が綱紀を諌めた。

「はあ……やらねばならぬのか」

大きく綱紀が嘆いた。

「まったく、江戸におるほうが楽ではないか。……ここ、勘定が合わぬ。もう一度精査せい」

愚痴《ぐち》を口にしながらも、綱紀はてきぱきと仕事をすませていった。

「……どうだ」

書付から目を離さず、綱紀が問うた。

「どうやら、馬鹿どもの御輿《みこし》になったようでございまする」

書付を受け取りながら、前田孝貞が述べた。

「ほう……」

少し感心した後、しばらく綱紀は無言で仕事をこなした。

「これでよいな」

綱紀は一しきり、たまっていた書付を片付けた。

「お疲れでございましょう」

前田孝貞がねぎらった。

「そなたはどうする」

不意に綱紀が前田孝貞に問うた。

「…………」

前田孝貞が息を呑んだ。

「馬鹿どもに祭りあげられるのは、もう止めたのか」

「申しわけのないことをいたしておりました」

綱紀に言われた前田孝貞が詫びた。

「とてもわたくしには、耐えられませぬ」

「七千の家臣、家族、陪臣まで入れると五万をこえる者の重みを知ったか」

頭を垂れた前田孝貞に、綱紀が告げた。

「はい」

前田孝貞がうなずいた。

「本多安房さまにも勝てぬと思い知らされましてございまする」

評定所での遣り取りは、加賀藩の誇る足軽継《あしがるつぎ》を利用して、すでに綱紀たちの知るところとなっていた。

「あれか……」

綱紀も息を呑んだ。

「まさか、神君家康公の人質まで持ち出すとは思わなかったわ」

本多政長は、徳川家への人質として差し出され苦労したと言った横山内記長次への反論として、家康が子供のころ織田と今川《いまがわ》で人質をさせられていた話を持ち出し、論破したのだ。

「最高の対抗材料ではあろうが、神君家康公を持ち出すなど……」

「できませぬ」

感心した綱紀に対し、前田孝貞が恐怖を示した。

徳川家にとって、いや、幕府にとって、家康は格別であった。なにせ、乱世を治め、英雄、梟雄と呼ばれた戦国大名を切り従えて、天下を統一した。

「まさに神である」

「死した後は護国の神たらぬ」

讃《たた》える者、そして本人の意向が重なり、家康は大権現《だいごんげん》として日光《にっこう》に祀《まつ》られた。

当然、幕府の扱いも違う。家康の名前を口にするだけでもはばかり、かならず神君という敬称を付けなければならない。これを怠ったり、尊敬の念のない言動だと取られたりすると、厳罰が待っている。

武士に対する刑罰を決める評定所で、老中、大目付ら顕職を前にして、陪臣が家康を比喩に使う。

一つまちがえれば、本多政長だけでなく、その主君たる綱紀にも咎めは及びかねないのだ。

それを本多政長は平然とおこなった。

「直江状《なおえじょう》のこともあきらかにしたとか」

「あるとは聞いていたがの」

前田孝貞の怖れに綱紀も同意した。

直江状は、徳川家康が関ヶ原の決戦を起こすための引きがねにすべく、上杉景勝《かげかつ》を咎めたことへの返信として、上杉家の家老直江兼続《かねつぐ》が書いたものとされている。

「無礼千万」

読み終わった家康が激怒したといわれるほどの内容で、上杉謀叛への弁明というよりも、家康を糾弾したそれの写しが、加賀の本多家に伝わっていた。

「いかに本多さまと直江さまが親戚の間柄だとはいえ、面倒なものを預けてくださったものでございますな」

前田孝貞がため息を吐いた。

加賀本多家の初代政重《まさしげ》は、徳川に籍を置いていたが私闘で相手を死なせてしまい出奔、福島や前田、宇喜多《うきた》、上杉などの外様大名を転々とした。その放浪中、直江兼続の一人娘と夫婦になっていた。

「まあ、下手に隠していて、御上に狙われるよりはましだ」

綱紀がよい方向へと考えを持っていった。

幕府はなんとかして外様大名の勢力を削ごうとしている。由井正雪《ゆいしょうせつ》の乱のおかげで、浪人をあまり増やすのはまずいと、昨今改易になる大名は減っているが、いつまたどうなるかわからない。

なにせ、今の将軍徳川綱吉は、一度大老酒井雅楽頭忠清が判断を下した越後《えちご》高田《たかだ》松平家のお家騒動の審判をやりなおし、無罪放免をひっくり返している。

「上様にとって、余は、前田家は、邪魔者だからの」

綱紀にその気はなかったが、将軍の座を綱吉と争ったのはたしかなのだ。いつ、綱吉が前田家に報復をしても不思議ではなかった。

「そこまで読んでいたとは……」

前田孝貞が絶句した。

「爺《じい》の怖ろしさを知ったか」

「怖ろしいとは存じておりましたが、ここまでとは……とても、とても届きませぬ」

綱紀に念を押された前田孝貞が首を横に振った。

「ならばよし。そなたに本多の爺がおらぬ間、筆頭を預ける」

「……それはっ」

綱紀の任命に前田孝貞が驚いた。

筆頭宿老は、藩主に代わって政をおこなう権利を持つ。極論を言えば、綱紀なしで命を下すこともできた。

「備後《びんご》は直情過ぎる。そして長《ちょう》には前田への不満がある。奥村《おくむら》は河内《かわち》も内膳《ないぜん》もことなかれじゃ」

備後とは前田利家《としいえ》の次男利政《としまさ》を祖とする一門である。関ヶ原で石田《いしだ》三成《みつなり》に付いたため、領地であった能登《のと》一国を召しあげられて浪人した後、子孫が前田本家へ仕えた。

長は戦国のころ能登を支配する国人大名であったが、前田家に降伏した。当初、寄騎大名として扱われていたのを、お家騒動の責任を問われる形で家臣へ格を落とされた。

奥村は前田利家以来の譜代の臣であるためか、野心がまったくない。

綱紀は他の宿老たちを、筆頭にできない理由を短く述べた。

「残るはそなただけじゃ」

「主殿どのは……」

「馬鹿どもに油を注げというか。主殿を筆頭代理にしてみろ。明日には、戦触れを出して兵どもを集め、そなたらを片付けよう」

前田孝貞の言葉に綱紀が嫌そうな顔をした。

「ですが……」

「一網打尽にできると言いたいのだろう。それで全部の芽が摘めるわけなかろう。捕まるのは、表だって動いた馬鹿だけで、大元は残すことになる。しかも掃除を見た大元は、より深く沈むだろう。おそらく余の代では浮かぼうとするまいよ。子供に澱《よど》みを遺してはかわいそうだろう」

まだ言い募ろうとした前田孝貞を綱紀が制した。

「浅慮でございました」

前田孝貞が引いた。

「まあ、主殿にはせいぜい夏の夜の明かりを務めてもらわねばならぬ。虫を集めてもらう」

綱紀が笑った。

「江戸へ報せなくてもよろしいのでございまするか」

本多政長に嫡男主殿のもとに妙な連中が集まってきていると教えなくていいのかと、前田孝貞が問うた。

「とっくに知ってるだろう。爺のことだ」

「たしかに」

「さて、次の仕事だな」

疲れた顔で綱紀が、休憩を終えた。

本多主殿政敏《まさみち》は、承応《じょうおう》二年（一六五三）の生まれで、前田孝貞の娘を正室《せいしつ》としている。齢三十を迎えているが、父政長が健在のため、部屋住であった。

「なにもなさらぬのか」

藩政を正しくすべきだと主張する阪中玄太郎《さかなかげんたろう》らの一味に加わり、毎日のように城下の寺で会合を開いていた。

「なにもせぬとは、なにかの」

茫洋とした表情のままで、本多主殿が首をかしげた。

「主殿どのは、安房さまお留守の間のお代理でございましょう」

「そうじゃな」

確認した阪中玄太郎に、本多主殿がうなずいた。

「では、なぜ、政に加わられぬ」

咎めるように阪中玄太郎が迫った。

「前田対馬さま、前田備後さまらがおられよう」

阪中玄太郎の焦りの意味がわからないと、怪訝な顔で本多主殿が答えた。

「わかっておられぬ」

大きく阪中玄太郎がため息を吐いた。

「おわかりか。主殿どのは、今、安房さまの代わりでございますぞ。つまり、政にも加われる」

「それは知っている。だが、若輩の吾は、参加しても座っているだけ」

首肯した本多主殿が告げた。

「なぜ、ご意見を出されぬ」

「意見などないぞ」

咎める阪中玄太郎に本多主殿が困惑した。

「ない……」

阪中玄太郎が唖然とした。

「なにもないと……」

もう一度阪中玄太郎が確認した。

「うむ」

悪びれた風もなく、本多主殿が首を縦に振った。

「藩をよくするために、こうすればとのお考えは」

「それならあるぞ」

訊いた阪中玄太郎の一味である藤原《ふじわら》の問いに、本多主殿が胸を張った。

「どのような手立てでございましょうや。お聞かせいただきたく」

「まずは新田を開墾《かいこん》する。次に鉱山を探し出す」

藤原の求めに本多主殿が述べた。

「……どこに新田を開墾されると」

「加賀は広い、能登もある。どこかに空いている土地があろう」

「鉱山はどこに」

「これだけ山があれば、どこかに金ぐらい埋まっておろう」

本多主殿が悪びれることなく語った。

「……なるほど、さすがでござる」

しばらくの間をおいて藤原が賞賛した。

「さて、本日はここまでといたそう。次は三日後ということに」

「明日ではないのか」

会合の終了と次は日を空けてと言った阪中玄太郎に、本多主殿が不思議そうな顔をした。

「主殿どののご提案を、皆で考えてみたいと思いましたので」

「おおっ、そうか。ならば、吾もよいところがないかを調べておこう」

阪中玄太郎の返事に本多主殿が納得した。

「では、帰る」

本多主殿が供の草履《ぞうり》取りを連れて、寺を出ていった。

「……はあ」

それを見送った阪中玄太郎らの一味が揃って息を吐いた。

「なあ、あれでいいのか」

藤原が阪中玄太郎を見た。

「いたしかたないだろう。あれでも本多の跡継ぎだ」

「ほどがあるだろう。なにが新田開墾だ。空いている土地で田にできるところなど、とっくに新田にされているわ。金でも出ればよいだと。鉱山があるわけなかろう。何百年と加賀には人が住んでいるのだぞ。鉱山など発見し尽くしておるわ」

阪中玄太郎の言いわけに藤原が嚙みついた。

「落ち着け、藤原」

怒りを見せた藤原を阪中玄太郎が宥めた。

「盟主として仰ぐには、とても足りぬが、御輿として担ぐにはいいだろう。担ぐだけなら、軽いほうがいい。あれでも加賀藩では、一門衆を押しのけて筆頭の地位にある本多だからな。あれが筆頭宿老になれば、それを裏から操ることで、百万石は我らの思うがままぞ」

阪中玄太郎が一同を説得した。

寺を出た本多主殿は、少し離れたところで表情を変えた。

「やり過ぎでございますよ」

草履取りに扮している軒猿が、あきれていた。

「そうか。あのていどの輩《やから》には、あれくらいせねばと思ったのだがな」

本多主殿が苦笑した。

「しかし、なかなか後ろが見えてこぬな」

「用心深いことでございますな」

二人が目つきを鋭いものにした。

「父がおらぬとならば、巣穴から出てくるかと思ったが……顔も出さぬな」

「阪中には一人貼りつけておりまするが……まったく」

面倒だという本多主殿に、軒猿が申しわけなさそうな顔をした。

「そなたのせいではない。義父どのかと思ったのだが……違うとあれば、まったく思いあたらぬ」

本多主殿が眉間にしわを寄せた。

二

横山長次は、禁足を解かれてから三日は、外出を自粛した。解かれた瞬間に出歩くよりは、わずかとはいえ反省の色を見せたほうが、周囲への印象がよいと考えたのだ。

「まったく、近所づきあいもそつなくしておったというに」

駕籠《かご》に揺られながら、横山長次が近隣の屋敷を睨みつけた。

佐奈と武田四郎《しろう》の二人によって、表門を開かれたうえに、大声で騒がれてしまったのはたしかだが、幕府へ届け出る前に問い合わせくらいはしてくれてもよいだろうと横山長次は独りごちた。

表門が開かれぬ限り、なかで何があろうとも手出し、口出しはしないのが慣例である。つまり、表門が開き、何かしらの異常が見受けられたら、様子を見にいっても問題にはならない。

今回のことでも、目付へ言いつける前に、覗いてくれれば、門番が倒れているのを見つけるだけで、横山長次の身に危機が及んでいないことはわかったはずである。さすれば、届け出ず、内済にできた。

「そうしてくれたら、礼をしたものを」

横山長次にしてみれば、痛恨のできごとだったのだ。

苦労して、加賀藩前田家の上屋敷が暴漢に襲われたことを隠していると、評定所へ持ちこんだというのに、終わってみれば前田はお咎めなし、逆に表門を破られたという届けが出された横山長次が叱られる羽目になってしまった。

「これというのも、あの本多のせいだ」

横山長次の怒りが再燃した。

目付の調べを受けているときは、なんとかして無事に逃れたいと考え、今後は前田にかかわるまいと思っていたが、それも喉元過ぎれば熱さを忘れるである。

やったことは忘れて、やられたことだけを覚えている。

まさに人の性ともいうべき状態に横山長次はなっていた。

だが、昨日の今日という状況で、本多政長に手出しをするわけにもいかなかった。

それこそ、旗本といえども潰されかねなかった。

「詫びに行け……か」

駕籠のなかで横山長次が唇の端を噛んだ。

大久保加賀守の留守居役木下三弥に言われたのは、加賀藩との仲を修復し、出入り禁止を解いてもらい、ときどき出向いてはその内情を調べて報告しろというものであった。

「たかが陪臣のくせに、余をなんだと思っている」

横山長次が木下三弥を罵った。

「殿」

駕籠脇の供頭が横山長次の思考を遮った。

「なんじゃ」

不機嫌な声を横山長次が出した。

「……まもなく本郷でございまする。先触れをいたしましょうや」

供頭が主の機嫌を損ねないように訊いた。

「もうそこか。先触れをいたせ」

横山長次が驚きながらも認めた。

「ただちに」

供頭が行列の先頭に合図を出した。

大名や旗本の往来は、よほど親しいなかでなければ、あらかじめいついつ行くという報《しら》せを出す。不意に行くのは、相手の都合を考えない行為であり、無礼とされていた。

今回、横山長次が前日までに来訪の許可を求めなかったのは、断られるとわかっていたからであった。

「そこまで来ている」

こう言われては断りにくい。ましてや、横山長次は代々江戸家老を務めた横山家の分家とはいえ、旗本なのだ。いわば、加賀前田家の当主綱紀と同格、筆頭宿老五万石の本多政長より格上になる。

その横山長次にここまで足を運ばせておいて、門前払いは外聞が悪かった。出入り禁止といったところで、綱紀から直接言われたわけではないだけに、効力は弱い。また、そんな事情を世間は知らない。

「旗本を犬を追うように帰したらしい」

なにかと目立つのが百万石の宿命のようなものである。世間は面白おかしく悪評を立ててくれる。

つまり横山長次は断られない状況を作り出したのであった。

供先から駆け出した横山長次の家臣が、加賀藩前田家の上屋敷へと走った。

「卒爾《そつじ》ながら」

横山長次の家臣が加賀藩の門番に声をかけた。

「なんでござろうか」

加賀藩の門番は足軽の役目である。武家への対応はていねいになる。

「拙者、旗本横山長次の家中にござる」

「横山っ」

名乗りを聞いた門番足軽が身構えた。

「どうぞ、お平らに」

無理を言っているのはこちらだとわかっている横山長次の家臣が、門番足軽を宥めた。

「……何用じゃ」

だが、門番足軽の口調は固くなった。

「主が、今までの行き違いについてお詫びをいたしたく、参上いたしておりまする」

言いながら横山長次の家臣が、ちらと後ろを見て行列があることを示した。

「なにを……」

怒りかけた門番足軽であったが、行列がそこまで来ているとなれば怒鳴るわけにはいかない。怒声を聞いた者に前田家と横山家の不仲を教えることになる。

「……待たれよ」

怒りを深呼吸で抑え、門番足軽が門脇の詰め所へ状況を伝えた。

「ご家老さまにお報せいたしてくる」

当番の門番士が顔色を変えて、表御殿へと走った。

「……横山長次が来ただと。真か」

御用部屋で執務していた江戸家老村井次郎衛門が耳を疑った。

「行列が見えまする」

「なにを考えている……」

門番士の報告に、村井が難しい顔をした。

「当家に対し、なにをしたのか、わかっていて……」

村井が横山長次の真意を推察しようとした。

「ご家老さま、またぞろ難癖を付けに来たのではございませぬか」

執務の手伝いをしていた右筆《ゆうひつ》が口にした。

「それもあるか……普請場はどうなっている」

村井が右筆の考えを受けて、長屋の再建状況を問うた。

「ようやく破損させられました建物を撤去したところでございまする」

「更地か」

「いえ、礎石はそのまま使いますので……」

土台は残っていると右筆が告げた。

「それくらいならば、いくらでも言いわけできるな」

「では、迎えても」

本来ならばお迎えと言うべきを、門番士が迎えと敬意を省いた。

「ああ」

「お待ちを」

うなずいた村井を右筆が止めた。

「本多さまにお伺いをなさらずともよろしいので」

「そうであった」

右筆の助言に村井が手を打った。

「おられるのだな」

「朝から表門は出られておりませぬ。脇門から出入りなされたのならばわかりませぬが」

門番士が村井の確認に答えた。

「よし、儂が訊いてくる」

村井が間に人を入れるのを避けて、己で行くと腰を上げた。

「このまま放置でよろしいか」

門番士が横山長次への対応を問うた。

「待たせておけ」

それくらいの嫌がらせはいいだろうと、村井も不機嫌な顔で言った。

本多政長は、すでに横山長次が来ていることを知っていた。刑部が門での騒ぎを聞きつけ、様子を見てきて、本多政長の耳に入れたのである。

「安房さま」

家老が走るわけにはいかない。そんなまねをすれば、家中になにかあったと報せることになる。急ぎ足で来た村井を本多政長は数馬の長屋の玄関で出迎えた。

「横山長次が来たそうじゃの」

「……いつのまに」

本多政長の言葉に、村井が絶句した。

「どうするつもりかの」

「いかがいたせば」

互いに対応を問い合った。

「江戸家老である貴殿が決定なされよ」

「ですが、宿老筆頭の安房さまがおられる間は、その指示に従うべきでは」

本多政長の発言に村井が反論した。

「それでは、儂がいなくなったときに困ろうが。横山長次を受け入れるか、拒否するかは、おぬしが決めよ」

諭すように本多政長が言った。

「ううむう」

上司の前だというのに、村井が唸った。

「受け入れるか、拒むか、どちらが、前田のためになる。それを踏まえて考えてみよ」

　本多政長が助け船を出した。

「どちらがお家のためになるか……」

　村井がもう一度思案した。

「……受け入れましょう。怨讐のある相手を拒むのは当然、世間も非難はしますまい。ですが、それまででございまする。敵を受け入れれば、当家の評判は上がりましょう。懐の広いと」

「よかろう」

　村井の決定を本多政長が支持した。

「では、早速」

　受け入れると決まれば、待たせておくのは得策にならない。村井が踵を返した。

「おぬしは殿の留守を預かる江戸屋敷の主じゃ。軽々に出迎えるな。儂が迎えてくれよう」

「えっ……」

　村井が本多政長の発言に唖然とした。

「なにをしに来たのか、それを暴かねばなるまいが」

本多政長が嗤った。

駕籠のなかの横山長次は怒っていた。

「まだか」

「今しばし、お待ちを。まだ先触れが戻ってきておりませぬ」

苛立《いらだ》つ横山長次を供頭が抑えた。もともと進んで謝りたいわけではない。横山長次の不満が高まった。

「遅すぎるわ。馬鹿にするにもほどがある」

ついに耐えかねた横山長次が、駕籠の扉を開けて、加賀藩上屋敷を睨みつけた。

「殿、お顔を」

供頭が扉を閉めてくれと願った。

駕籠には高貴な人を歩かせないという目的の他に、誰が乗っているか、わからないようにとの意味もある。

武士の多い江戸とはいえ、武家の行列は目立つ。それが江戸城の近くだというならば、登城行列として違和感なく受けいれられるだろうが、本郷あたりではそうそう見かけない。

物見高い江戸の民にしてみれば、武家駕籠は体のいい見世物に近い。誰が乗っているのかと野次馬根性が湧く。

「うるさい」

供頭の進言を横山長次が拒否した。

「……お待たせをいたしましてございまする」

やっと先触れに出した家臣が帰ってきた。

「どうであった」

「お迎えするとのことでございまする」

供頭の問いに、先触れの家臣が告げた。

「当然である。さっさと行け」

横山長次が大きくうなずいて、手を振った。

「はっ。前へ」

供頭が行列に前進を命じた。

見えるほどの距離にいただけに、横山長次の駕籠は、すぐに加賀藩上屋敷の門前に着いた。

「開門」

門番士の合図に加賀藩上屋敷の表門がゆっくりと開き始めた。

「止めえい」

完全に開ききる前に、門番士が新たな指図を出した。

表門が中途半端なところで止まった。

「……なにを」

横山長次の行列の供先が啞然とした。

大名屋敷の表門は、主、一門、幕府からの使者、客として招いた相手、とくに許された功臣などを除いて開かれない。

今、加賀藩上屋敷の表門は、開かれているが、完全な状態ではない。もちろん、駕籠が通れる隙間はあるが、供先が驚くのも不思議ではない状態であった。

「どうすれば」

供先が後ろを振り向いて、供頭に応援を求めた。

横山長次は今まで旗本として、綱紀と同格の扱いを受け、表門は最大限に開かれ、駕籠に乗ったままで玄関式台まで行くことができた。

「……これは」

駕籠脇から駆けつけた供頭も戸惑った。

「どうぞ、通られよ」

門番士が供頭に促した。

「いや、しかし……」

供頭も前田と横山の確執は理解している。それこそ、門前払いをされても文句は言えない。だが、受け入れると言った限りは、相応の礼をもって迎えるべきである。あからさまな嫌がらせを咎めず、このままなかに入ってしまえば、これが慣例になりかねない。今後、横山家の当主が加賀藩を訪れたときは、どこの屋敷でも中途半端な開門での対応になる。

「どうしたっ」

またも止まった行列に、とうとう横山長次が駕籠から降りた。

「なんだ、これはっ」

行列の先へと歩いて来た横山長次が、表門を見て目を剝いた。

「それが……」

供先が口ごもった。

「どういうことだ」

「…………」

横山長次が加賀藩の門番士を問い詰めた。

門番士は返答をしなかった。

「聞こえなかったのか、この門はなんだと訊いておる」

怒鳴りつけるようにして、横山長次が門番士を詰問した。

「供先の方。入られるのか、それともお止めになるか、決めていただきたく」

門番士が供先に声をかけた。

「きさまっ……」

横山長次が門番士の胸ぐらを摑もうとした。

「…………」

門番を取りまとめる役目とあれば、武芸の一つも心得ていなければならない。なにより、加賀藩の門番士は、武田党という無頼《ぶらい》との戦いを経験している。横山長次が怒ったくらいで脅えるはずもなく、すっと半歩下がった。

「こいつっ」

手が空を摑んだ横山長次が門番士を追いかけようとした。

「なにをしておる」

そこへ本多政長が割りこんだ。

「これは、筆頭宿老さま」

門番士が頭を垂れた。

「……本多安房、こやつが無礼なまねをいたしたのだ」

一瞬、間を空けた横山長次が門番士を非難した。

「これはなんだ。門が開ききっておらぬではないか」

本多政長が怪訝な顔をした。

「そうじゃ、そやつが……」

勝ち誇ったように、横山長次が門番士を指さした。

「いえ、これは横山さまに直接確認をお願いしようと考えました結果でございます
る」

門番士が言いわけをした。

「おう。それは気が利いたの。横山さまも気にしてくださったからな、当家の表門が
破られたのではないかと」

「…………」

本多政長に言われた横山長次が息を吞んだ。

「では、ご覧に入れよ」

「はっ、開門いたせ」

指示した本多政長に門番士が声をあげた。

ゆっくりと表門が開いていき、完全に開ききった。

「いかがでございますかな。表門になにか異常はございましたか」

「…………」

本多政長の問いに、横山長次が黙った。

「横山さま」

「……なにもない。まともである」

返事を促された横山長次が苦い顔で認めた。

「では、どうぞ、こちらへ」

「うむ」

本多政長の案内に、横山長次がそのまま従った。

「あっ……」

供頭が声をあげかけたが、門番士に睨まれて口をつぐんだ。

「どうかなさいましたか」

わけがわかっていない供先が供頭に問うた。

「門前で駕籠を降りて、徒で玄関へ向かったのだぞ、殿は」

「……げっ」

供頭の説明に、供先が呆然とした。

「次からは、そうしていただきまする」

門番士が、これが前例になったと供頭に告げた。

「いや、これはいくらなんでも」

供頭が抗議の声をあげた。

旗本が外様大名の屋敷の前で駕籠を降りて、歩いて門を潜る。これはたとえ表門が引き開けられ、当主同様の扱いを受けているとはいえ、周囲はそう取らない。それこそ、旗本だから門を開いている、ようは徳川幕府への気遣いで、横山家に対しては家臣筋として見ていると加賀藩が言っているも同じであった。

「気に入らぬというならば、来なければよかろう。別段、こちらからなにかを頼むことがあるわけではなし」

門番士が冷たくあしらった。

「…………」

「門を閉めよ」

黙った供頭から離れて、門番士が指図した。

「……ま、待たれよ。まだ、我らが入っておらぬ」

今度こそ、供頭が顔色を変えた。

まさに大問題であった。主君を表玄関から、表門を出た外まで歩かせる。そのようなまねをさせたら、それこそ供頭が切腹しても追いつかない。

「ならば、急がれよ」

氷のような声で、門番士が供頭を急かした。


表玄関を入った横山長次は、一人になっていることに気づいた。

「供の者は」

「まだ外のようでござるな」

淡々と本多政長が告げた。

「待て。供が来るまで」

「よろしゅうござる」

横山長次の求めに、本多政長がうなずいた。

「門が閉まる……まさかっ……いや、間に合ったか」

表門の様子を見ていた横山長次が顔色を何度も変えた。

「よろしいかな、横山さま」

安堵した横山長次を本多政長が催促した。

「ああ」

首肯した横山長次が歩き出した。

「こちらでお待ちを」

客間に案内した本多政長が、一礼して背を向けようとした。

「待て、安房」

横山長次が止めた。

「なにか」

本多政長が振り向いて、座った。

「許せ」

立ったままで見下ろしながら、横山長次が詫びを口にした。

「なにをでございましょう」

「……言わずともわかっておろうが」

「なるほど。あくまでも推察しろということか」

「なんだ」

不意に口調を変えた本多政長に横山長次が驚いた。

「安心せい。儂としてはおぬしに思うところなどない。たかが走狗《そうく》にな」

「うっ……」

的確に指摘された横山長次が詰まった。

「ゆえに詫びは無用」

「まさか、きさま……あのお方さまへ報復を」

手を振った本多政長に、横山長次が蒼白になった。

「あのお方さまが、どなたかは知らぬ。ただ、本多はしつこいぞ」

そう言い残して、本多政長は横山長次の前から去った。


「少し、やりすぎたかの」

数馬の長屋へ戻った本多政長が反省していた。

「なにをやりすぎたと」

「横山長次を脅しすぎたわ」

問うた数馬に、本多政長がため息を吐いた。

「それはっ」

本多政長が過ぎたと言う脅しに、数馬が震えた。

「ふん、別段刃物で刺したわけではない。多少嫌味を言われたところで、死にはせぬのだぞ」

心外だと本多政長が拗《す》ねた。

「……不満をぶつけたのはたしかだ」

本多政長が反省の色を見せた。

「ご不満でございまするか。義父上が」

「儂とて人じゃ。不満くらいたまるわ」

驚いた数馬に本多政長が言い返した。

「どのようなご不満でございましょう。お伺いいたしたく」

「江戸では、そなたにしか言えぬな。もっとも国元では、琴以外には言えぬ」

聞かせてもらってもと尋ねた数馬に、本多政長が告げた。

「主殿さまは」

義兄の名前を数馬が出した。

「あやつに愚痴は言えぬ」

小さく本多政長が首を左右に振った。

「かわいそうだが、主殿は本多の跡継ぎだ。誰もが主殿を儂の跡を受け継ぐとみている」

「……………」

その圧迫の強さを思った数馬が黙った。

「あやつの周りにはいろいろな者が近づく。加賀藩の筆頭宿老という地位に近づき、恩恵を受けたいと考えている者、本多という徳川にとって格別な名前に利用する価値を見いだしている者などな。なかには主殿を若いと侮って、操ろうとする者もいる。誰が味方で、誰が敵か。親しく接しているが、味方の顔をした敵ではないのか。疑いがなくなる日は来ぬ。心許せる友とは生涯縁がない。それが本多の跡継ぎじゃ」

「なんと」

悲壮な顔をした本多政長に、数馬が息を吞んだ。

「そんな思いをさせているのだ。子は親を選べぬ。明日喰えるかどうかわからぬ浪人の子として生まれなかっただけましだといえば、ましだが……とても幸福な生涯ではなかろう」

本多政長がじっと数馬を見た。

「そなたもわかっていよう」

「……はい」

言われた数馬が認めた。

数馬の瀬能家も本多家と同様、加賀藩前田家において浮いた家柄であった。どちらももと徳川家に仕えていたが、本多家は初代政重が自ら逐電、対して瀬能家は二代将軍秀忠の娘珠姫の輿入れに従ったという差はあるが、どちらにせよ前田家にとっては外様になる。

さすがに本多家のように堂々たる隠密という陰口をたたかれることはなかったが、瀬能家も徳川家から送りこまれた目付くらいには見られてきた。

おかげで数馬の父には加賀藩前田家では嫁が見つからず、越前松平家の家中から迎える羽目になっているし、数馬も幼いころから同年代の友人は持てなかった。

「本多の嫡男は、誰にも悩みを打ち明けられない。妻も愛だのどうだので一緒になる民とは違う。家同士が決め、年回りだけで嫁いでくる。夫婦となったあとも、それぞれの実家を背負わねばならぬ。愚痴をこぼせば、しっかり相手の実家に知られるとなれば、閨でも黙るしかない。主殿が悩みを口にできるのは、儂だけじゃ。だが、息子というのは父に知られたくないこともある」

「はい」

息子は父の背を見つめ、いつか並ぼう、きっと追いこそうと思っている。仕事で壁にぶつかったときなどは助言を求められるだろうが、人との関係などで躓いているときは言いにくい。

「それぐらい、どうにかできぬのか」

そう父親に言われたくないのだ。息子には息子の矜持があり、親の失望を買いたくはない。

「腹に溜まるものがあっても、それを吐き出せぬ。そんな主殿に儂が愚痴をこぼせるか」

「できませぬな」

本多政長の主張を数馬は認めた。

「ということで、そなたじゃ」

「わたくしでよければ」

見つめる本多政長に数馬が胸を張った。

「そもそも、本多がいまさら世に出るわけなかろうが。それくらいのこと、大久保加賀守もわかれ。たとえ殿が将軍になられたとしても、儂は、本多は決して付いていかぬ。このまま金沢に残る」

「なぜでございましょう。本多の名前は大久保同様、御上にとって重いものだと思いまするが」

数馬が首をかしげた。

「殿が将軍となって、儂が老中となったとしよう。果たして、御上の役人どもは、儂の指図に従うか」

「従うのではございませぬか」

幕府における老中の権力は強い。気に入らぬ役人を辞めさせることなど容易である。

「従わぬ。本多は弱いからの」

「本多が弱い……」

「わからぬか。無理もないかの。儂も琴も強いからな」

怪訝な顔をした数馬に、本多政長が苦笑を浮かべた。

「一人一人の強さではない。本多という家の力よ」

「五万石ならば、老中として十分でございましょう」

よりわからないと数馬が戸惑った。

「本多には一門の大名や旗本がない。ないわけではないが、一家だけじゃ。大久保家は違う。大名こそ少ないが、旗本に大久保に繋がる者は多い。いざとなったとき、これらが大久保加賀守を支えてくれる」

「本多を支えてくれる者がいない……」

「おらぬ。負けた家の宿命じゃ。本多佐渡守家は、本多忠勝《ただかつ》、本多重次《しげつぐ》の系統とは違う。本家は賀茂《かも》神社の神官であった我が佐渡守系だがな、三河一向《いっこう》一揆で神君家康公に弓引いたことで、その地位を失った。いや、嫌われたな。忠勝、重次のどちらも一向宗だったのを改宗してまで神君家康公に従ったからな。佐渡守が徳川家に戻ったときも、両者から蛇蝎の如く嫌われたと聞く。つまり、今大名としてある本多家の助けは望めぬ。旗本も同じだ。孤立無援で政はできぬ。かならず足を引っ張られる、あるいは足を引っかけて転ばされる」

「………」

本多政長の話に、数馬は言葉を失った。

「一度執政の座にあって、しくじればどうなる。あらゆる非難を浴び、寄って集《たか》って責めたてられる。そして末路は、僻地への転封、減禄じゃ。苦労をさせられて、それでは割りが合うまい」

「たしかに」

数馬もうなずいた。

「本多は学んだのだ。上野介正純が潰されたときにな。謀叛の疑い、無断城郭の修復、どちらも佐渡守正信が外様大名を潰すときに使った手立てだ。届け出たはずなのに、知らないと言われる。罠に嵌《は》めて、徳川に仇《あだ》なすかも知れぬ大名たちを潰してきた本多が、同じ手でやられた。つまり本多も徳川から不要と言われたのだ」

淋しそうに本多政長が語った。

「幸い、徳川から捨てられた本多を、前田家が拾ってくれた。ゆえに本多は前田に付く。二度と徳川にはかかわらぬ」

本多政長が宣した。

「お手伝い普請の褒賞辞退で、大久保加賀守もわかっただろうと思っていたが……甘かったな。それだけ大久保家は本多家を怖れている」

「上野介さまの宇都宮藩を潰したことを後悔していると」

数馬が訊いた。

「後悔はしておらぬだろう。やられたからやり返しただけ。第一、やったことを後悔するような者が老中などできるはずもなし。手柄は吾のもの、失敗は配下のせい。これでなければ、執政なんぞできぬ。失敗を一々悔いていたら、身が保たぬ」

「それは、あまりに」

ひどいと数馬が非難した。

「そんなものだぞ、政なんぞ。どのような政をしようとも、どこかで泣く者は出る。米の値段を下げれば、民は喜ぶだろうが、百姓は実入りが減って泣く。逆も同じ。百姓を保護しようと米の値段を高くすれば、民がやっていけぬ。その天秤をうまくつり合わせるのが、政である」

本多政長が諭した。

「はあ」

「今はわからずともよい。そなたには十年くれてやるつもりだからな」

はっきりしない返事をした数馬に、本多政長が告げた。

「話を戻そうか。ようは、大久保加賀守は本多の恨みというものに、己で脅えておるのよ。そのおかげで、儂に負担がかかっている。そうでなくとも百万石という重みを支えているというのにだ、勝手な思いこみでちょっかいをかけられてはたまらぬ」

本多政長が腹立たしいとぶちまけた。

「ああ、少しすっきりしたわ」

数馬に語ったことで気が晴れたと本多政長が笑った。

「そういえば、よろしかったのでございますか。横山長次どのとのお話にご同席されずとも」

数馬が話を変えた。

「……ふん。儂がいなければならぬようでは、村井に江戸家老などできまい。なにより、村井は怖いぞ。あやつは目立たぬが、三万石くらいの大名ならば、問題なく務める」

鼻を鳴らした本多政長が、村井を褒めた。

「横山長次どのは、なにをなさりに」

「無理して敬語を使わずともよいわ。あやつの目的なんぞないわ」

「ないとは」

数馬が首をかしげた。

「わからぬか。あやつは走狗じゃ。今回も飼い主に尻を蹴飛ばされたのだろう。一応、形としては謝罪だというがな、あれで形だけというのもおこがましいわ」

本多政長が苦い顔をした。

「大久保加賀守さまは、なにをお考えなのでございましょう。横山長次をこちらへ寄こすなど」

敬称を取った数馬が疑問を呈した。

「加賀前田家が、この後どうするかを知りたいというのが、主《しゅ》だろうの」

「主……」

「ほう、そこに気づいたか」

引っかかった数馬に、本多政長が感心した。

「本音は、儂だろう」

「義父上でございますか」

「ああ」

不思議そうな顔をした数馬に本多政長が首を縦に振った。

「上様との話よ、大久保加賀守が知りたいのは」

本多政長が言った。

「先祖のことで咎められるか、あるいは譜代大名への復帰を命じられるか、そのどちらかだろうと大久保加賀守は見ていたはずだ。だが、儂は何の咎めも受けておらぬし、譜代大名になってもおらぬ」

陪臣を将軍が直接咎めることは滅多にない。通常は、まず陪臣の主君へ将軍家から呼び出しがかかり、主君を通じて咎める形になる。

また、陪臣を譜代大名にするのにも、主君の許可が要る。将軍が寄こせと言ったものを断ることはあり得ないが、それでも形式は整えなければならない。

そして、そのどちらをするにしても、御用部屋に連絡はある。

「なにもないことが、かえって不安を大きくしているのだ。なにせ、上様との間に話されたことは、決して外へ出ぬからな」

「他人払いをしてでございましたか」

本多政長の話に、数馬が将軍と二人きりで会ったのかと驚いた。

「前にも言ったような気がするが、小納戸頭の柳沢《やなぎさわ》というのが同席していたわ。上様と二人きりでお話しするなど、本多の血筋にはない」

苦笑しながら本多政長が答えた。

「しかし、老中でも知れませせぬか」

暗に柳沢保明《やすあきら》を買収してはいないのかと、数馬が問うた。

「できまいな。もし、外へ漏れたとあれば、どれほどの寵愛を受けていようとも、処罰は免れぬ。少なくともお側近くからは離され、目付の厳しい取り調べを受けることになる」

本多政長が首を横に振った。

「刑部」

「はっ」

呼ばれた軒猿頭が、すっと本多政長の前に現れた。

「あれ以来、伊賀者は来ぬか」

「今のところ、来てはおりませぬ」

本多政長の問いに、刑部が答えた。

「ふむ。誰の命か、調べられるか」

「しばし、ご猶予をいただきたく」

根本を探れるかという本多政長に、時間をかければと刑部がうなずいた。

「頼んだ」

「はっ」

すっと刑部が消えた。

「伊賀者の頭ならば、調べればわかりましょう」

数馬が問うた。

「御広敷伊賀者頭であったかの。それくらいは調べるまでもなくわかる。だが、刑部にそれをさせる意味がある」

本多政長が続けた。

「すでに当屋敷と、吾が江戸屋敷を見張っていた伊賀者が討たれたことくらいは、知られていよう」

「はい」

数馬が首肯した。

「されど、後続は来ぬ」

「当然でございましょう。敵《かな》わぬと思い知らされたのでございますゆえ」

本多政長の言葉に、数馬が応じた。

「それで忍があきらめるのか。あきらめるとは思えぬ。佐奈」

言いながら本多政長が手を叩いた。

「どうじゃ」

襖を開けて顔を見せた佐奈に、本多政長が尋ねた。

「あきらめはいたしませぬ」

佐奈が首を左右に振った。

「ならば、どうする」

「もっと数を増やすか、腕利きを出しまする」

重ねて問われた佐奈が答えた。

「それができぬときは」

「……わかりませぬ」

さらに訊かれた佐奈が困惑した。

「数馬、そなたはどうだ」

「……自前で届かぬならば、外から借りてきましょうか」

矛先を変えた本多政長に、数馬が告げた。

「うむ」

正解だと本多政長が首を上下させた。

「外からと仰せでございますが、いまどき、流れの忍などおりませぬ」

佐奈が否定した。

流れとは、幕府やどこかの大名から禄をもらっていない者のことを言う。

「であろうな。流れがおるとは思えぬ」

あっさりと本多政長が同意した。

戦国乱世では、いつどこに敵が来るか、どれほどの人数で鉄炮は持っているかどうか、籠城している城に食料はどれくらいあるか、など余人には知るのが難しいことを忍にさせていた。

そのため大大名と言われる島津や伊達、上杉にはお抱えの忍がいた。だが、ほとんどの大名は独自の忍を持っていなかった。

人をこえるような動きをする忍を人外扱いして忌避したり、忍を育てるだけの金がなかったり、ほとんどの大名は、その場その場で忍を雇い、隠密や乱波《らっぱ》、扇動、攪乱などをさせていた。

とはいえ、泰平になると忍の需要はなくなる。なにせ、勝手に戦を起こしたら、幕府から咎められるのだ。かつてのように虎視眈々と隣国を狙うのではなく、今は手を取り合って安寧の日々を送るのが日常となったからである。

需要がなくなれば、供給は不要になる。

結果、流れの忍はいなくなった。

「忍にこだわらねばどうだ」

「あっ」

「武田党」

本多政長に言われた佐奈と数馬が声をあげた。

「武田党というのは、藩を襲った連中じゃな。まだおるのか」

生かしておくはずはないと本多政長が怪訝な顔をした。

「党としては残っておりませぬが、生き残りがおりまする」

佐奈が本多政長に武田四郎のことを語った。

「ふむう。横山長次の屋敷を襲う手伝いをしてくれたと。では、武田党は外してよいな。男はわかりやすい」

本多政長はすぐに武田四郎が佐奈に惚れていると悟った。

「………………」

「いえ」

わかっていない数馬が不思議そうな顔をし、わたしは違うと佐奈が首を横に振った。

「よいわな。敵が一つ減ったと思え。となると無頼の筋は消えるか」

本多政長が腕を組んだ。

「無頼は他にもおりましょう」

数馬が口を挟んだ。

「武田党とかいうのは、かの武田信玄の武田二十四将になぞらえていたと聞いた」

「さようでございまする」

佐奈が首肯した。

「だからこそ、前田家の表門に襲いかかるなどという無謀なまねをした。城攻めのつもりでもいたのだろう。だが、普通はそのようなことを考えぬ。そのあたりの無頼ならば、とても武家屋敷に戦いを挑みはせぬ。それこそとんでもない金でも積まれない限りな」

無頼は金次第でなんでもすると本多政長は理解していた。

「そして、伊賀者に金はない」

「大久保加賀守さまならば……」

断言した本多政長に数馬が抗した。

「執政は無駄な金を出さぬ。伊賀者に命じたのが大久保加賀守だとしたならば、失敗しましたので金をと言わせぬ。それこそやり遂げました以外の報告は聞くまいし、伊賀者もできまいよ。使えぬと判断されたら、それまでじゃ」

本多政長が否定した。

「はあ……」

「よろしいでしょうか」

納得しきれていない数馬が気のない返答をしたところへ、石動庫之介が顔を出した。

「どうした」

「村井さまがお見えでございまする」

問うた数馬に、石動庫之介が伝えた。

「報告じゃな。よいかの婿どの」

「どうぞ」

ここで話をしてもかまわぬかと尋ねた本多政長に、数馬は了承した。

石動庫之介に案内されて村井が入室してきた。

「本多さま、横山長次が帰りましてございまする」

村井が本多政長に言った。

「ご苦労であったの。で、あやつはなにしに来たのだ」

「詫びと今後は加賀藩の助けになるようにすると」

問われた村井が、本多政長に告げた。

「笑うところか、それは」

本多政長があきれた。

「亡父が願ったのは、前田家の安泰だった。そのことにあらためて気づいたそうでございまする」

「やれ、今まで忘れられていたのか。横山長知どのも不幸よな」

本多政長が嘆息した。

謀叛を疑われた前田利長を横山長知はその弁舌で、救った。もっとも横山長知は、利長が織田信長から越前府中《ふちゅう》を領していたころに抱えた者であったため、利家《としいえ》以来の譜代とは折り合いが悪く、一時は前田家を離れて浪々したりもした。

大坂の陣で前田家へ帰参したが、その後も代々の譜代との仲は悪かったからか、同じく外様と言われた本多政長の父政重とは親交があり、ともに徳川の大坂城修復普請をしたりしていた。

「本音は……」

真意はどうだと考えているかと本多政長が村井に訊いた。

「本多安房さまの動きを気にしているように見受けましてございまする」

「儂か。儂の動向など気にしてもいたしかたないものを」

本多政長がなんともいえない顔をした。

「上様とどのようなお話をしたかを随分と……」

「まったく」

村井の言葉に本多政長が肩を落とした。

「考えてみればわかろうにな。儂は本多佐渡守の孫といったところで、陪臣ぞ。陪臣相手に上様が、大事な話をなさるはずなかろうに」

「人は、己のわからないものやことを怖れるものでございまする」

「障子に透ける影、風に揺れる柳、屋敷がきしむ音と同じ……儂は幽霊か」

本多政長が嘆息した。

「で、どういたした」

横山長次の出入り禁止を解いたかどうかを本多政長が確認した。

「解きましてございまする」

「うむ」

村井の答えに本多政長が首を縦に振った。

「ただし、規制をかけましてございまする」

「ほう……」

続けた村井に本多政長がおもしろそうな表情をして、先を促した。

「屋敷へ来てよいのは、月に二度まで。それと横山玄位どのとの接触を禁止いたしましてございまする」

「長次はどう答えた」

本多政長が尋ねた。

「回数規制は不服そうながら承知いたしましてございまする。出入り禁止に比べれば、はるかに緩うございますし、殿の将軍継嗣問題が起こるまでは藩祖利家さま、二代利長さまのご命日の法要を催したときにしか来ておりませなんだのでござる。文句を言えるはずはございませぬ」

「玄位との接触を禁じたのには、どうだった」

「うなずきましてございまする」

「……ふん」

村井の返事に本多政長が鼻を鳴らした。

「やはり……」

「まちがいあるまい。己から近づかねばよいのだろうと考えているだろう」

問うような村井に本多政長が首肯した。

「いかがいたしましょう」

「放っておけ。玄位から近づかぬようにだけしておけばよい」

「はい」

吾が意を得たりと村井が安堵した。

「では、わたくしはこれにて」

村井が座を立った。

「さて、数馬、そなた留守居役であったな」

「今更なにを」

確認された数馬が驚愕した。

「留守居役ならば、門限はないな」

「ございませぬが……」

接待を役目とするだけに、留守居役はいつでも屋敷の門を出入りできた。

「ならば、行くぞ」

「どちらへ」

腰を上げた本多政長に従うように、数馬も立ちあがった。

「吉原じゃ」

本多政長が告げた。

「なぜ、吉原へ」

数馬が疑問を呈した。

「噂を集めるならば、吉原以上のところはない。抱いた女に男は口が軽くなる」

遊びに行くのではないと本多政長がわざと大きな声で言った。

「吉原は、あらかじめ報せをしておかねば、見世へ揚がるのも難しゅうございますが」

数馬がいきなりは無理だと止めた。

「知らぬようだな」

本多政長が数馬を見た。

「吉原に本多家は大きな貸しがある。いつ何刻であろうとも、吉原は本多の者を拒むことはできぬ」

「…………」

「詳細は吉原で教えてやる。付いて参れ」

啞然としている数馬を本多政長が促した。

第四章　暗夜行

一

越前福井はまだ騒動の余波のなかにいた。

「わあああ」

「あちらへ行け」

「余を、余を助けろおお」

表御殿御座の間で藩主松平左近衛権少将《さこんえのごんしょうしょう》綱昌《つなまさ》が、狂ったように叫び声をあげたり、辺りのものを投げつけたりしていた。

「死にたくない……」

かと思えば部屋の隅で頭を抱えて脅える。

「いかがいたせば……」

「お医師を」

小姓たちも混乱を極め、本来秘されるべき、藩主の異常が城下にも知れ渡ってい
た。

「お気の病でございますれば、いつどうなるかわかりませぬ。明日にはお平らになら
れるやも知れませぬが、生涯このままということも……いえ、さらに悪化することも
あり得まする」

医師も匙《さじ》を投げた。

「外記《げき》を呼び出せ」

国家老筆頭の松平将監《しょうげん》が、手の打ちようがないとあきらめた。

「お呼び出しを受けましたが……」

未だ正式には禁足を解かれていない国家老次席の結城《ゆうき》外記が、松平将監の前に姿を
現した。

「そなたの謹慎は、ただいまをもって解く」

「お断りいたしましょう」

尊大な態度で告げた松平将監に、結城外記が険しい顔をした。

「な、なにを申すか」

罰は解かれて喜ぶのが普通である。それを拒まれるとは思ってもいない。松平将監が絶句した。

「解くということは、わたくしに罪があったということ。わたくしはなにも咎められる覚えはございませぬ。ゆえなき罪とはいえ、藩命なれば従っておりましただけ。まず、わたくしに罪があったのか、なかったのかをはっきりしていただき、なかったならば、冤罪であったと詫びてもらわねば、このまま終わっては、結城家の名前に傷が残りまする」

屋敷に逼塞しているとはいえ、次席家老として家中に影響力を持つ結城外記である。綱昌の状況も、なぜ松平将監が己を呼び出したかなどわかっている。ここで尻尾を振ってしまうのは簡単だが、やられたらやり返す、いや、それ以上の得を取り返さないようでは、とても大藩の執政とは言えない。

放っておいても、あのとき何もできなかった松平将監以下の執政たちはその座を追われるだろうが、だからといって主君の綱昌がおかしくなってしまった今、黙って待っていれば結城外記に国家老筆頭、あるいは城代家老といった地位が転がりこんでくるとは思えない。

こちらもできる手を打つ。そう、結城外記は考え、この場での免罪は避けるべきだと判断したのであった。

「今は、そのようなことを申しておる場合ではないのだ」

滔々《とうとう》と論じた結城外記に、松平将監が怒りを見せた。

「では、わたくしはこれにて」

結城外記はさっさと腰を上げた。

「好きにいたせ」

松平将監が怒りにまかせて、手を振った。

「よろしいのでございまするか」

国家老の一人が松平将監に問うた。

「非常だというのがわからず、己のことばかり申すような奴じゃ。使えぬわ」

「殿をお宥めできるのは、まず外記だけでございますぞ」

吐き捨てた松平将監に国家老が忠告した。

「お命を救ったというのか」

松平将監が苦い顔をした。

先日、加賀藩主前田綱紀の帰国挨拶の使者として数馬が福井へと来訪した。越前松平家は加賀藩前田家の監視役として、その背後にある。前田綱紀は、五代将軍綱吉への対策としてこれも利用しようとした。留守居役を使って、大人しく幕府に従ってますとの報告をさせたのだ。

それを福井藩を傍系から入った綱昌ではなく、直系の松平直堅《なおかた》へ譲らせようとしていた組頭本多大全《たいぜん》、分家越前大野《おおの》藩松平直明《なおあきら》の家老津田《つだ》修理亮《しゅりのすけ》らが利用しようとした。

綱紀の代理として登城した数馬が、不意に乱心し、城中で抜刀、刃傷《にんじょう》に及び、それに綱昌が巻きこまれて死んだとの謀を巡らせた。

その謀を力業で破った数馬だったが、それを本多大全たちはさらに好機として、陰謀を進ませた。

結果、数馬は福井藩士に追われ、面識のあった結城外記に匿《かくま》われることになった。それを知った琴が姫行列の格式をもって福井へ入り、数馬を救おうとした。そこに綱昌が絡んだ。琴の美貌に目を付けた綱昌が攫《さら》おうとして、数馬によって捕らえられ、結城外記に引き渡されたのだ。

藩主が城下で次席家老の屋敷にいる。これ幸いとばかりに、本多大全らが綱昌を結城外記ごと葬ろうとして屋敷を襲撃、津田修理亮が刺客として出した剣客郷田《ごうだ》一閃《いっせん》が綱昌に真剣を突きつけた。

　これを同席していた数馬は無視した。数馬にとって他藩の当主がどうなろうとも、かかわりはない。冷たく見捨てようとした数馬に、綱昌の助命を願ったのが結城外記であった。

　匿ってくれた結城外記の頼みとあれば断れない。数馬は郷田一閃を撃退、綱昌の命を救った。もっとも、そのとき、数馬は綱昌に、加賀藩の使者を家臣が襲ったことへの詫び状を書かせている。

「命を救われた……」

　松平将監はより頬をゆがめた。

　福井城下を震撼させたあの日、筆頭国家老でありながら、松平将監はなにもしなかった。名前の通り、松平将監には、二代目藩主松平忠直の血が流れている。以降代々の門閥家老として筆頭になったり、なれなかったりしながら、松平将監の家は続いている。

　極論でいけば、藩主となることもある家柄なのだ。藩主が誰になろうとも地位が揺らぐことはない。

　どころか、下手にお家騒動にかかわって、どちらかに与《くみ》するとそちらが負けたときに、家を潰されたり、格を落とされたりすることもある。

つまり、なにもしないのがもっとも無事なのだ。それをわかっていた松平将監は、城から何度使者が来ようとも、病を理由に屋敷を出ず、騒動が終わるまで大人しくしていた。

そして、本多大全らが殺され、津田修理亮が藩の外へ退去をしたのを見てから、悠々と登場、国家老筆頭として、後始末に取りかかろうとしていた。

そこに藩主綱昌の異常であった。

「……ううむう」

打つ手がないとうなった松平将監に、国家老が膝を前に進めた。

松平将監も馬鹿ではない。このまま騒動が落ち着けば、なんの手出しもしなかった己たちが失脚し、代わって結城外記が台頭するとわかっている。だが、それを見過ごすわけにはいかない。己の失脚は一族の没落に繫がる。

松平将監が綱昌が結城外記を求めているとわかりながら、聞かない振りをしていたのは、なんとか手立てを執ってからと考えていたからであった。

しかし、それも手遅れになりかけている。藩主公が乱心したと幕府に知られれば、無事ではすまないのだ。藩主がおかしくなったのは、家老たちの補佐が足りなかったとして、責任を取らされてしまう。

「結城外記どのの罪は、もともと本多大全たちが殿のお名前を借りて作り出したもの。それを撤回したからといって、我らの責任にはなりませぬ」

国家老が松平将監に言った。

「だが、公に出されている。これを撤回するとなると、殿のお名前はもとより、我ら執政衆の名前にも傷が付く」

松平将監が渋った。

政というのは一方的なものであった。直接かかわることのない者には、藩庁から出される法度は絶対になる。背けば、咎められるどころか、下手をすれば命までなくす。その恐怖から、皆、理不尽と思える法度でも黙って政に従っている。

しかし、その布告がまちがっていたと取り消したらどうなるか。

政への信頼は一気に失墜し、たちまち不満があふれ出す。新たな法度や年貢の追加で、一揆が起こった例はいくつもある。

そうなれば、大事になる。

たとえ、一揆や騒動が藩内で収まったとしても、誰かが責任を取らなければならない。なにもなかったことにしようとすれば、もう一度一揆が起こる。一揆は首謀者が死罪になると決まっている。一揆側の罪は問うが、執政はそのままではいかないのだ。

といったところで、藩主に罪を負わすわけにはいかなかった。それこそ、執政たちはなにをしていたかとなり、一門の大名はもとより、越前藩ともなれば幕府がかならず口を出してくる。そうなれば、まず切腹することになる。

「それを本多大全に押しつけましょう」

国家老が提案した。

「あやつは組頭だぞ。それだけの権はない」

押しつけるにしても格はいる。一揆でも、責任を取って足軽を切腹させましたでは、誰も納得しない。

「あの前日に本多大全を中老にしたといたしましょう。混乱でその書付が、どこかへ紛失してしまったとすれば……」

「……むうう」

国家老の言葉に松平将監が唸った。

「中老ならば、十分でございましょう」

「それはよい。だが、本多大全はすでに死んでおるのだぞ。死人をどうやって生《い》け贄《にえ》にするというのだ」

死者に責任を負わせることは簡単であった。なにせ、死人に口なし、反論されることはなかった。だが、死人に詰め腹を切らせることはできなかった。

「まず、本多大全家は断絶、嫡男以下の男子すべてを切腹といたせば」

「子に負わせるか」

「…………」

嫌そうな顔をした松平将監に国家老が無言でうなずいた。

「……やむを得ぬ。お家の継承に口を出したというのは、家臣としての分をこえておる。ことならなんだうえは、咎めを受けるのも覚悟していただろう」

少しだけ考えて、松平将監が決断した。

「使者を用意いたせ。儂は殿のご裁可をいただく」

松平将監が腰を上げた。

綱昌の許可など取れるはずもないが、御前で報告し、それに対して反対の言葉が返ってこなければ、それでいいのだ。

「本多大全家の歴史に思いを馳せられたのか、お声はなかったが、ご反対はなされず」

まさに執政のつごうであるが、そうでもしないとすべてについて藩主の判断を仰いでいては、政など回らない。

藩主が算術に長《た》けているとか、農政にくわしいとかならば、そちらにかんしては認可をするだろうが、藩政すべてに通じていることはない。

わからないところは、執政に預けるのが、よい藩主というものであった。

「……殿にお話をして参った。とくになにも仰せなく、ご承認いただいた」

わめくだけの綱昌のもとから戻った松平将監が、国家老に述べた。

「本多大全だけに負わせるのも哀れである。あれに与した者たちも罰する。さすがに切腹は免じるが、家は潰し、追放といたせ」

藩主への報告をしてしまえば、後はどうとでもできる。松平将監が範囲を大きく拡げた。

「わかりましてございまする。では、ただちに」

ためらうことなく、国家老が使者番のもとへと向かった。

二

藩士の家がいくつか潰れるくらいならば、大きく城下に報されることはない。だが、今回の騒動は城下にも及んでおり、なにもなかったと頰かむりをするには、あまりに無理があった。

使者番を本多大全以下の屋敷へ送った後、松平将監は大手門を出たところの高札場に、今回の処分を書いて、晒《さら》した。

これは罪状を明らかにするためとは別に、本多大全の影響力が藩から取り除かれたとの意味もあった。

そしてもう一つ、本多大全らとつきあいのあった城下の商人への手助けであった。

収入の増加が見こめない武家は、あがり続ける物価に対応できず、家禄を形《かた》にして、城下の商人から金を借りることが多い。

当たり前だが、その武家が取り潰されたりすれば、借金は返ってこなくなる。また、藩が肩代わりをすることはない。

となれば、貸した商家の丸損になる。商家のなかには、家老や中老などとつきあいのある者もいる。

「なんとかお願いできませぬか」

そのあたりが、文句を言ってくるのも必然であった。

「このようなことが続くようでは、今後のおつきあいは考えさせていただくしかありませぬ」

「わたくしどもも商いでございますれば、損をいたすつもりはございませぬ。お貸ししてあるお金を今すぐご返済くださいませ」

家中の者に今後金を貸さないとか、今すぐ借金を清算しろとか言われては困る。かといって、個別の家の借金を藩が弁済してはならないのだ。前例となってしまえば、藩が保たなくなる。

そこであるていどは運が悪かったと思い、全額回収はあきらめてもらう代わりに、早めに手当をさせるのである。

家屋敷は藩のものだが、調度品や先祖代々の家宝などは個別の財産として、闕所《けっしょ》を命じない限り遺される。改易には、闕所も含まれるが、今日の明日でできるものではなく、手続きに数日はかかる。その間に商人が取り立てるぶんを目こぼしする。これも執政として考慮しなければならないことであった。

それらの手続きをすませ、ふたたび松平将監は結城外記を呼び出した。

「おぬしの罪は、本多大全の企みであったと判明いたしした。よって、遡《さかのぼ》って謹みは取り消される。また、執政でないにもかかわらず、恣《し》意をもって藩政を混乱させた罪によって、本多大全家は改易、嫡男以下の男子は切腹となる。ただし、女子はお構いなしとする。これでよいな」

松平将監が結城外記に告げた。

「殿のご裁可は」

「もちろん、申しあげてある。ご異論はなかった」

念を押した結城外記に松平将監がうなずいた。

「承知いたしましてござる」

結城外記が認めた。

「では、早速だが、殿にお目通りをしてくれ」

松平将監が結城外記を急かした。

「それはよろしいが、なんのためにお目通りを」

知っていながら、結城外記が首をかしげた。

「……わかっておるだろうが」

松平将監が嫌そうに言った。

「はて、わたくしめは謹慎を命じられておりましたゆえ、お城にあがっておりませぬ。事情がわかっておらず……」

「殿のご機嫌伺いじゃ」

わざとらしい結城外記に松平将監が声を荒らげた。

「さようでございまするか。では、お目通りを願いまするが……」

謹慎をさっさと解かなかった責任を取らせるぞと結城外記が意思表示をした。

綱昌は眠れない日々を送っていた。

眠りかけると、夢に郷田一閃が突きつけた刃が出てくるのだ。

「ひえええ」

綱昌が悲鳴をまたもあげた。

「外記、外記はどこじゃ」

「…………」

手の施しようがなく、小姓たちも顔を見合わせるだけであった。

「殿はいかがだ」

そこへ結城外記が現れた。

「ああ、結城さま」

小姓たちが安堵の顔をした。

「お目通りを願う」

「ただちに」

結城外記の申し出に、小姓がすぐに動いた。

「殿、次席家老の結城外記が、お目通りを願っておりまする」

「な、なにっ。外記が参ったのか。外記が」

震えていた綱昌が顔を上げた。

「さようでございまする」

「これへ、これへ、早う」

首肯した小姓に綱昌が大声を出した。

「ご尊顔を拝し奉り、外記、喜びに打ち震えておりまする」

この状態の綱昌を見て、ご機嫌麗《うるわ》しゅうという挨拶はできない。結城外記は、綱昌に会えて感激していると述べた。

「おう、おう、外記ではないか。どうしていたのだ。何度も、何度も余はそなたを呼んだのだぞ」

綱昌が恨み言を口にした。

「畏れ多いことでございまする。わたくしも本多大全によって閉じこめられており、殿のお側に参ることがかなわず」

「大全のせいか。あやつめえ」

結城外記の言いわけを信じた綱昌が目を吊り上げた。

「ご安心を。もう、大全はおりませぬ。いつなりとても、お召しに応じられまする」

結城外記が綱昌を宥めた。

「もう大事ないのだな」

「ご威光をもちまして」

確認した綱昌に、結城外記が強くうなずいた。

「よかった、よかった」

若い綱昌が安心したのか、倒れそうになった。

「ご無礼を……」

さっと近づいた結城外記が綱昌を支えた。

「殿、お心を澱ませているものがございましたら、なにとぞ、わたくしめにお聞かせくださいませ」

結城外記が尋ねた。

「消えぬのじゃ。あの刃が」

綱昌が答えた。

「あの刃……なるほど」

聞いた結城外記が納得した。

「目付をこれへ」

結城外記が小姓に指図した。

「……殿」

御座の間に入れるとあれば、綱昌の許可が要る。小姓が綱昌の顔を見た。

「すべて、外記の言うままにいたせ」

綱昌が小姓の問いに首を縦に振った。

「かたじけのうございまする」

これは結城外記に藩政を依託したに等しい。結城外記が綱昌の信頼に深く頭を垂れた。

「頼むぞ、頼む。余は眠りたい」

綱昌が結城外記にすがった。

「お任せを」

結城外記が引き受けた。

「目付が参りましてございまする」

小姓が声をあげた。

「これへ」

「はっ」

結城外記の指示に、小姓が従った。

「お召しと伺いましてございまする」

家中の騒動を抑えるのも目付の役目である。後始末に駆けずり回っているためか、疲れた様子で目付が手を突いた。

「殿に代わって、吾が差配をする。目付に問う。あの本多大全謀叛の日、当家の者以外の死者はいたか」

「……ございました」

主君の代理と言われれば、目付も従うしかない。少しだけためらった目付が、結城外記の質問に応じた。

「そのなかに、身の丈六尺（約百八十センチメートル）で肩幅広く、顎《あご》のよく張った……」

結城外記が一度しか見ていない郷田一閃の人相《にんそう》を語った。

「ございました。お城の不浄門を出たところで、本多大全ともう一人の藩士とともに死んでおりました」

「死んでいた……」

目付の答えを聞いていた綱昌が、一瞬呆然とした。

「……外記、それは」

結城外記が述べた人相が、毎晩己を悩ます男だと綱昌が気づいた。

「はい。かの津田修理亮の刺客でございまする。そやつは、すでに死んでおりまする」

「死んでいる……まことか」

結城外記に言われた綱昌が、目付を見た。

「まちがいございませぬ。たしかにさきほどの人相風体《ふうてい》に合致いたしまする他藩の者と思われる者は、死んでおりました」

はっきりと目付が保証した。

「おおう、死んでいたのか」

綱昌の腰が抜けた。

「ご苦労であった。下がってよい」

用はすんだと結城外記は目付を退出させた。

「死人に殿は害せませぬ」

「大丈夫か」

「はい。殿は東照大権現さまのお血筋。悪霊ごときが仇なせるはずはありませぬ」

家康のことを持ち出して、結城外記が綱昌を落ち着かせた。

「そうか。そうじゃな。余は東照大権現さま……」

言いながら綱昌が意識を失った。

「……お眠りになられたようじゃ。お動かしいたしては、お目覚めになるやも知れぬ。誰ぞ、上掛けを殿に」

結城外記がそっと綱昌を横たえた。

「……ああ」

二刻（約四時間）ほどして、綱昌が身じろぎをして目覚めた。

「外記……」

目覚めた綱昌がまず結城外記を探した。

「これに控えおりまする」

「いてくれたか」

綱昌が微笑《ほほえ》んだ。

「出なかったわ。もう、あの鬼の顔は出てこなかった」

「それはおめでとうございまする」

喜んだ綱昌に、結城外記がうなずいた。

「そなたのお陰じゃ。褒めてとらせる」

綱昌が結城外記の功績だと言った。

「畏れ入りまする」

結城外記が頭を下げた。

「外記よ。もう一つ、余の憂いを払ってくれよ」

少し寝たことで、わずかながら気力を回復した綱昌が、結城外記に声をかけた。

「なんなりとお申しつけくださいませ」

結城外記が平伏したままで、綱昌を促した。

「加賀藩の者に書かされた詫び状を取り戻してくれ」

「…………」

綱昌の願いに、結城外記は即答できなかった。

そもそもあの詫び状を書かなければならないほどの馬鹿をしでかしたのは綱昌であり、さらに書いたことで数馬の援護を受けられ、郷田一閃の刃から逃れられたのである。

それを取り返せとは、どう考えても忘恩でしかなかった。

「無理か。無理と言うてくれるな。もちろん褒美は思うがままじゃ。そうよな。まず、加増してやろう。一万石じゃ。そして永代の城代家老にもしてくれる」

綱昌が、褒賞を約束した。

越前福井藩松平家の石高は、四十七万五千石ある。一門でも御三家の尾張、紀伊《きい》に次ぎ、水戸《みと》家よりも多い。それでも家中の禄は一門家老でもなければ、一万石には届かない。結城家も藩祖とされる結城秀康《ひでやす》の係累《けいるい》ではあったが、秀康の養家であった下総結城家の一門でしかなく、その禄は一千五百石にしか過ぎなかった。

また城代家老とは、藩主が留守のときの代役であり、国元すべてを差配できる。

一万石の城代家老、結城家が越前福井藩最高の地位に就く。しかも、それが代々受け継いでいける。

「……わかりましてございまする」

結城外記が承諾した。

三

本多政長に連れられて、数馬は吉原の大門を過ぎた。

留守居役として、何度か吉原に来てはいるが、接待するかされるかのどちらかなので、自前で訪れたことはなかった。

「どうした、まるで吉原へ初めて来たようだぞ」

あちらこちらに目をやっている数馬に、本多政長が笑った。

「いえ、接待がかかわっておらぬのが、なにやら気が軽く、今まであのようなものがあるとは気づかなかったもので」

数馬が苦笑した。

「お役目を真剣に果たしている証拠じゃな」

本多政長が賞賛した。

「だが、余裕がなさすぎる」

小さく本多政長が首を横に振った。

「はい」

まさにその通りである。数馬は認めるしかなかった。

「たしかに一つまちがえば、藩に大きな損失を与えかねないのが、留守居役ではある。とはいえ、ずっと気を張ったままでは、心が保たぬぞ。なにより、余裕のないことに気づかれただけでも、不利になる」

「……………」

本多政長の諭しを数馬は黙って聞いた。

「留守居役が老練な者ばかりなのは、顔色を読ませぬためでもある。そなたは若い。とはいえ、儂が推し、殿がお認めになったのだ。留守居役として足りぬというのも、そろそろ止めねばならぬ」

「はい」

数馬がうなだれた。

「それがいかぬ。落ちこんだときこそ、胸を張れ。剣術でもそうであろう、のう、石動」

本多政長が振り向いて、石動庫之介に問うた。

「仰せの通りでございまする。危機のときほど、自信を見せつけまする。さすれば、相手はこちらにまだ余裕があると勘違いしてくれまする」

石動庫之介が首肯した。

「勘違い……」

「それよ。相手を惑わすのが、留守居役の仕事である。ああ、着いた」

そこまで言って、本多政長が足を止めた。

「おいでなさいまし……」

見世の前に立っていた客引きの男衆が、立ち止まった数馬たちに戸惑った。

吉原は遊女を揚屋という貸座敷に呼ぶのが決まりである。もちろん、見世で遊女を抱くこともできる。しかし、それは小半刻（約三十分）ほどの間にことをすませ、さっさと帰っていく最下級の客だけであり、身分ありげな武家が直接見世を訪れることはまずなかった。

「甚右衛門《じんえもん》はおるかの」

「へっ……」

本多政長に問われた男衆が、間の抜けた声を漏らした。

「甚右衛門でわからぬか。ならば、西田屋《にしだや》は在しておるかの」

名前ではなく屋号へと本多政長が切り替えて訊いた。

「主でございますか」

まだ男衆は戸惑っていた。

「ここは西田屋であろう」

「へい」

「加賀の本多が来たと、西田屋に伝えてくれ」

「……お待ちを」

武士に名乗らせたのだ。一応は主に確認しなければならない。男衆が急いで暖簾の奥へと消えた。

「ここは……」

数馬が怪訝そうな顔をした。

「揚屋ではない。西田屋という吉原創始以来の遊女屋だ」

本多政長が説明した。

「すぐに、儂がなぜここへ来たかはわかる」

意味ありげに本多政長が笑った。

「ほ、本多さま」

そこへ暖簾を破るような勢いで、初老の男が現れた。

「おう、甚右衛門。まだ生きていたか」

「まだまだお呼びはかかりませぬ」

からかうような本多政長に西田屋甚右衛門が頬を緩めた。

「江戸へお出でとは伺っておりました」

「さすがだな。耳が早いことだ」

出府してきたことは知っていたと告げた西田屋甚右衛門に、本多政長が感心した。

「ああ、このようなところで立ち話もできませぬ。どうぞ、奥へ」

西田屋甚右衛門が、誘った。

遊女屋とはいえ、西田屋は老舗《しにせ》になる。女を抱きに来る客だけではない。また、西田屋甚右衛門は、茶や歌に精通した芸能の達人としても知られている。いろいろな客が、西田屋甚右衛門と話をするために訪れる。

そのために西田屋には、奥の庭に茶室が設けられていた。

「どうぞ、まずは一服」

茶室で西田屋甚右衛門が、一同をもてなした。

「いただこう」

本多政長が茶碗をわしづかみにして、一度で呷《あお》った。

「相変わらず、お見事でございますな。心のままに味わうことこそ、茶道の極意」

「作法なんぞを気にして、うまいはずはなかろう。そうでなくとも、茶は苦いというに」

賛された本多政長が、手を振った。

「嫌なものは、さっさと目の前から消すに限る」

「さようでございますな」

「…………」

本多政長の口から出た一言に、西田屋甚右衛門が同意し、数馬が息を吞んだ。

「随分と寂《さび》れたの」

「厳しいことを言われますな」

吉原の隆盛が衰えたなと遠慮なく告げた本多政長に西田屋甚右衛門が苦笑した。

「前に来たときは、吉原が浅草田圃へ移転した直後であったな。大門からここへ来るだけでも、人をかきわけなければならなかった。それが、すんなりと人にぶつかることもなくなった」

「はい」

本多政長の感想に西田屋甚右衛門が同意した。

「やはり江戸の市中から遠く離れたのは、痛うございました。とくにお武家さまのお姿が減りましてございまする。門限がございますので、浅草田圃まで足を運んでいては、ゆっくりと遊ぶこともできず、どうしてもせわしくなってしまいますので」

「武士に金がなくなったというのもあるだろう」

西田屋甚右衛門の理由に、本多政長が付け足した。

「そのぶん、商人や職人は増えましたが、それでも……」

難しい顔で西田屋甚右衛門が首を横に振った。

「吉原は高すぎるからな」

「……………」

西田屋甚右衛門が無言で肯定した。

「御法度の悪所も増えた」

「はい。遊郭というのは女さえいれば、金になりますゆえ。儲かるとわかった連中が、あちこちにお許しのない遊女屋を開きまして……」

西田屋甚右衛門がため息を吐いた。

「吉原は高尚すぎる。町人どもは、その日の欲望を吐き出せればよいのだ。女を抱きたいと思って吉原に来ても、お預けを食わされるでは、たまるまい」

「その通りなのでございますが……」

急所を突いた本多政長に、西田屋甚右衛門が肩を落とした。

「初会は声も聞けず、二度目でようやく正面から顔を見られ、三度目でやっと床入りであったか。そんな面倒なまね、若い男には耐えられまい」

「吉原は、お客さまと遊女を夫婦になぞらえますので。見合い、盃事の二つはいたしていただかねばなりませぬ」

本多政長の話に西田屋甚右衛門が困惑した。

「止めるわけにもいくまい。なにせ、吉原は御免色里じゃ。神君家康公がお認めになられた遊郭ぞ。そのへんの遊女屋と同じでは困る」

「はい」

告げた本多政長に西田屋甚右衛門が首肯した。

「あの……」

恐る恐る数馬が声をあげた。

「気になるか」

本多政長が数馬を見た。

「義父上と西田屋どのが、そこまでお親しいとは存じませんでした」

数馬が素直な感想を口にした。

「西田屋、紹介しよう。この瀬能数馬が娘琴の新婿じゃ。先日、仮祝言をしたばかりだがな」

「先日は失礼をいたしました。あらためてお目通りを得まする。西田屋の主甚右衛門にございまする」

本多政長が数馬を紹介し、西田屋甚右衛門が応じた。

「こちらこそ、これからもよしなに願う」

数馬もきっちりと挨拶をした。かつて数馬は先達の五木と共に西田屋を訪れているが、そのときと今では立場が違った。一若輩の留守居役ではなく、本多の娘婿として、数馬も応じた。

「いずれは息子の主殿が家を継ぎ、顔繋ぎに来るだろうが、それまでこやつが儂の代理になる」

「承知いたしましてございまする」

本多政長と西田屋甚右衛門との間で合意がなされた。

「あの……」

一人数馬が困惑した。

「あはははは。気になるだろう」

「あまりおいじりになられては……」

笑う本多政長を、西田屋甚右衛門が抑えた。

「では、話をしよう。身を正《ただ》せ」

「はっ」

不意に表情を真剣なものにした本多政長に、数馬が背筋を伸ばした。

「よく承れ。慶長五年（一六〇〇）九月一日、神君家康公は、石田《いしだ》三成《みつなり》率いる賊どもを討ち果たし、天下に安寧をもたらすため、居城の江戸を出られた。もちろん、吾が祖父、本多佐渡守も同行していた」

「……………」

神君家康の名前が出たところで、数馬が平伏した。

「江戸を出て東海道を上ろうとしたとき、品川《しながわ》のあたりで見目麗しき女たちが、野点の用意をして、神君家康さまをお待ちしていた。神君家康さまの戦勝をお祈りし、お疲れをねぎらいたいとの女たちが希望を、神君家康さまはお受けになった」

本多政長が続けた。

「そのもてなしをお気に入られた神君家康さまは、女たちをまとめていた北条家浪人の庄司甚内《しょうじじんない》をお召しになり、なにか望みはあるかとお尋ねになられた。そこで庄司甚内が畏れ多きことながら、ご城下にて春をひさぐことのお許しを賜りたくと願い出た」

「神君家康さまに春をひさぐことのお許しを願うとは……」

数馬が驚愕した。

「驚くほどのことか。戦では、気の昂ぶった兵たちを抑えるため、陣中女郎を伴うなど当たり前のことぞ」

本多政長がものを知らぬと数馬を叱った。

「浅学でございました」

数馬が詫びた。

「うむ。庄司甚内の願いを聞いた神君家康さまは、ただちにそれを認めたうえで、江戸におけるすべての遊女を、そなたに預けると仰せになられた」

「すべての遊女を……」

「ご機嫌麗しく、その場から発たれた神君家康さまは、関ヶ原の合戦に勝利を収められた後、庄司甚内との約束を果たされた。とはいえ、さすがにもう一度浪人に目通りを許すわけにはいかぬでの。代わって本多佐渡守が、屋敷まで庄司甚内を呼び出し、遊郭開設の許可を与えた。それを受けて庄司甚内が江戸中に散っていた遊女屋を日本橋葺屋町《ふきやちょう》に集め、吉原を造った」

「なるほど、それで吉原のことを御免色里と申すのでございますな」

本多政長の説明に数馬が納得した。

「そして、わかったとは思うが、その庄司甚内の孫が、この西田屋甚右衛門じゃ」

「はい」

言われた西田屋甚右衛門が首を縦に振った。

「こういった縁でな、本多家は吉原と繋がりがある」

「恩人でございまする。さきほどのお話で省かれましたが、関ヶ原で勝たれた神君家康さまに、遊女などという汚らわしい者どものことなどお気になされてはなりませぬと進言なされたお方がおられ、危うく祖父のお願いが儚くなりそうになりましたときに、本多佐渡守さまがお口添えをくださいまして……たとえそれが誰であろうとも、天下人たるお方が約束を反故にするなど、お名前に傷が付くどころか、その治世に疑いを持つ者が出かねませぬ。天下人は決して約定《やくじょう》を破ってはならぬと」

あっさりと終わらせようとした本多政長に、西田屋甚右衛門が手を振って、付け加えた。

「……まあ、そういうことだ」

西田屋甚右衛門のあきれた目を、避けるように横を向いた本多政長が話を終えた。

四

加賀の本多家と西田屋甚右衛門とのかかわりを語り終えた本多政長が、茶の代わりを所望した。

「薄茶で頼む」

「はい」

苦笑しながら西田屋甚右衛門が、数馬のぶんも含めて点《た》ててくれた。

「……うまいな」

変わらず一息に飲み干した、本多政長がうなずいた。

「お粗末さまでございました」

西田屋甚右衛門が茶亭の主らしい答えを返した。

「さて、本日の御用は」

しっかり西田屋甚右衛門は、本多政長の訪問が数馬の顔見せだけではないと見抜いていた。

「調べて欲しいことがある」

茶碗を置いた本多政長が西田屋甚右衛門に正対した。

「烏山藩那須家について、できるだけ知りたい」

「那須さま……つい先日二万石となられ、福原《ふくわら》から烏山へ移られた」

少し考えただけで、西田屋甚右衛門が口にした。

「そうだ。どうも、その那須家が、前田にちょっかいを出してきている。どう考えてもつきあいもかかわりもないのにだ」

「誰かに唆《そそのか》されていると」

「そう考えるのが、普通だろう」

確認した西田屋甚右衛門に、本多政長が首肯した。

「わかりましてございまする。少し、お手間をいただいても」

「構わぬ」

西田屋甚右衛門の申し出を了承した本多政長が数馬に合図をした。

「戻るぞ」

「はっ」

本多政長の指示に、数馬が腰を上げようとした。

「ああ、お待ちを。すぐにわかりますゆえ」

西田屋甚右衛門が、去ろうとした二人を止め、手を叩いた。

「お呼びで」

合わせるように茶室の水屋口が開き、男衆が顔を出した。

「書き屋さんをお連れしておくれ」

「へい」

西田屋甚右衛門の指図を受けた男衆が下がっていった。

「書き屋……とはなんだ」

本多政長が首をかしげた。

「遊女の手紙を代筆する商いでございますよ」

「ほう、遊女が手紙を……」

「はい。吉原に来た女たちの半分以上は読み書きができません。それでは手紙の遣り取りもかないませんので、代わって手紙を読んだり、書いたりしてやるのが、書き屋でございまして」

武士は読み書きができて当たり前であるが、庶民は商家の手代、番頭にならない限りは、文盲がほとんどであった。

「なるほどの。実家へ手紙を出すにも読み書きができねば無理であるな」

「出しませんよ、実家なんぞに」

言った本多政長に西田屋甚右衛門が首を横に振った。

「実家は、己を売ったところでございます。遊女の誰一人として、懐かしんでいる者はおりませぬ」

「……そういうものか」

西田屋甚右衛門の否定に、本多政長が少し引いた。

「はい。遊女が手紙を出す相手は、お客さまでございまする。最近来てないから淋しいとか、今度月見の宴があるので、お出でくださいましとか、願いを書いて出すのでございますよ」

「客寄せか」

「さようでございまする」

西田屋甚右衛門が、首を上下に振った。

「遊女と客を夫婦に見立てた以上、通っていただかなければなりませぬ。場末の名もない見世ならばまだしも、わたくしどもや三浦《みうら》屋さん、山本《やまもと》屋さんなどとなりますと、一度馴染《なじ》みになられたお客さまには、お出でいただいたら寛いでくださるよう、専用の浴衣、茶碗、箸、敷きものを用意いたしまする」

「金がかかっているか」

「正直に申しまして、その通りでございまする。当たり前のことですが、遊女屋はお客さまがお出でになられて、はじめて商いが成りたちますので」

すんなりと本多政長の言葉に、西田屋甚右衛門がうなずいた。

「なるほどな。少し熱の冷めかけた客を繋ぎ止めるために、遊女が手紙を書く。そこに紅の一つでも付けておくか、香でも炊き込んでおき、客が女のことを思い出して、また行こうかという気にさせる。なかなか、商人というのは思案をする者であるなあ」

本多政長が感心した。

「おっ、どうやら参ったようでございまする」

小さく水屋口の戸を叩く音に、西田屋甚右衛門が気づいた。

「よろしゅうございますか」

「こちらから願ったことである」

目上の者がいる茶室での礼儀のようなものとして許可を求めた西田屋甚右衛門に、本多政長が首肯した。

「どうぞ」

「御免をくださいませ」

水屋口から初老の男が、膝で茶室へ入り、際で腰を下ろした。

「代筆を営んでおりまする、蔦屋儀兵《つたやぎへい》と申しまする」

初老の男が額を床に押しつけるようにして名乗った。

「楽にしてくれい。本多安房じゃ」

「瀬能でござる」

一応、吉原大門のなかは常世と違い、身分の上下はないとされている。が、素直にそうして、怒りを買うこともある。

へりくだった書き屋に本多政長と数馬は、普通に応対した。

「忙しいときに申しわけありませんな」

西田屋甚右衛門が詫びた。

「いえ、忙しいのは昼間だけで。お客さまが入られる夕方以降は、皆さまそのお相手をなさいますので、さほどでもございません」

書き屋が手を振った。

「後で埋め合わせはするからね」

それでも店を留守にさせたのはたしかである。補償はしなければならない。

「ありがとうございまする」

蔦屋儀兵と名乗った書き屋が喜んだ。

「では、おまえさんに聞きたいことがあるんだけどね。烏山の那須さまというお大名家のことだが、なにか知っているかい」

「烏山の那須さまといえば、遠江守資祇《すけまさ》さまのことで」

「そうだ」

確認した蔦屋儀兵に、西田屋甚右衛門に代わって本多政長が首を縦に振った。

「畏れ入りまする……」

恐縮しながら、ちらと蔦屋儀兵が西田屋甚右衛門を見た。

「こちらの本多さまは佐渡守さまのお孫さまにあたられる。そちらの瀬能さまは、曾孫姫さまのお婿さまじゃ」

「さようでございましたか。それは存じあげませず、ご無礼をいたしました。では、早速でございますが……」

西田屋甚右衛門の保証を得た蔦屋儀兵が話を始めた。

「那須家の先祖が、かの弓の名手那須与一《よいち》だということはご存じでございましょう。那須家は当初徳川さまのお旗本として五千石を食んでおられました。その那須家に養子として入られたのが遠江守さまでございまする」

「名門の養子か。では、実家はどこじゃ」

蔦屋儀兵に本多政長が問うた。

「遠江守さまの実家は増山さまで、御当代は兵部少輔正弥《ひょうぶのしょうまさみつ》さま。常州下館《しもだて》二万三千石のお大名でございまする」

「増山……知らぬの」

本多政長が首をひねった。

「わたくしも存じませぬ」

数馬も首を横に振った。

「無理もございませぬ。増山さまは代こそ三代を重ねておられまするが、初代は遠江守さまのご実父さまが、三代将軍家光さまのお召しを受けたのを老齢のうえ出家していると断り、代わって嫡男正利さまをご奉公に出したお家でございますれば」

「召し出しで二万石……」

破格の扱いに、本多政長が怪訝な顔をした。

「お楽の方さまの……」

「ああ、先代家綱さまの御生母さまか。なるほど」

蔦屋儀兵の答えに、本多政長が納得した。

「御生母さまのご実家が、いきなり二万石を与えられるのはわかる。泰平における大手柄だからな。とくに家光さまはなかなかお子さまをお作りになられず、執政以下皆やきもきしていただろうからの。しかし、次兄を那須家の養子にするというのは、よくわからんな。那須家は旗本とはいえ、武家の名門だぞ。増山家というのも、それに伍するだけの家柄だというのか」

本多政長があらたな疑問を持った。

「とんでもない。父親の本名は作右衛門と言いまして、鎌倉河岸《かまくらがし》辺りに住んでいた傘屋でございますよ」

「傘屋か。それが武家として召し出されたときに増山と名乗ったか」

「いえ、増山というのは、お楽の方さまの母が名乗った名字でございまする」

蔦屋儀兵が否定した。

「母方は武家か。それがなぜ傘屋の嫁に」

武士の娘が商人や職人の妻となることはままある。とはいえ、やはり珍しいことであった。

「……お楽の方さまの母は武家だったかどうかが、はっきりはいたしておりませぬ。古河《こが》で百姓をしていたようでございますが、そのときの夫が罪を犯しまして」

「罪とな」

本多政長が引っかかった。

「はい。どういう理由があったのか、あるいはわざとではなかったのかも知れませぬが、お止め鳥の鶴を狩りまして、前夫は死罪、母と子供共々領主永井《ながい》右近大夫《うこんのたいふ》さまの奴婢《ぬひ》となったそうでございまする」

鶴は将軍家献上の鳥で、庶民は狩ることはもとより、死骸を持ち帰ることさえ禁じられている。

「奴婢か」

人身売買は禁じられているが、罪によって奴婢とされることはある。本多政長が難しい顔をした。

「幸い、ご赦免があって、奴婢から解かれ、その後江戸へ出て、傘屋の妻となったと」

蔦屋儀兵が話を終えた。

「……待て」

少しして、本多政長が声をあげた。

「蔦屋、そなた先ほど親子共々奴婢にと申したの」

「はい」

予想していたのか、すぐに蔦屋儀兵が首を縦に振った。

「ということは、お楽の方さまも……」

「それはっ」

本多政長の口から出た内容に、数馬が絶句した。

「口にするな」

本多政長が数馬の口を封じた。

「蔦屋、お楽の方さまが、どうして大奥へ召し出されたか知っておるか」

「鎌倉河岸に住んでいたころ、浅草寺さまへ参詣された春日局さまの目に留まったとか」

訊かれた蔦屋儀兵が告げた。

「もう一つ、永井右近大夫という大名が出てきたの。それは永井信濃守《しなののかみ》の父よな」

「さようでございまする」

確認した本多政長に蔦屋儀兵が首肯した。

「そうか、永井が絡んできていたのか」

大きく本多政長がため息を吐いた。

「義父上」

「本多さま」

その様子に、数馬と西田屋甚右衛門が声をかけた。

「蔦屋儀兵であったな。ご苦労であった。些少だが、これを」

数馬と西田屋甚右衛門を放置して、本多政長が蔦屋儀兵に紙入れから出した小判を二枚差し出した。

「とんでもないことを」

「受け取ってくれ」

断ろうとした蔦屋儀兵に本多政長が押しつけた。

「もらっておきなさい」

西田屋甚右衛門も後押しした。

「では、遠慮なくちょうだいをいたしまする。お邪魔をいたしました」

小判を額に当てて押しいただいた蔦屋儀兵が、水屋口から出ていった。

「…………」

「本多さま」

黙りこんだ本多政長に西田屋甚右衛門が呼びかけた。

数馬は黙って待った。声をかけられる雰囲気ではなくなったと感じたからであった。

「……ふうう」

煙草を二服吸うほどの間をおいて、ようやく本多政長が息を漏らした。

「すまなかったの」

本多政長が気遣ってくれた西田屋甚右衛門に頭を下げた。

「畏れ多いことをなさいますな」

西田屋甚右衛門があわてた。

「ここは吉原だ。世の身分はない。儂とおぬしは友じゃ」

「……はあ」

そう言った本多政長に西田屋甚右衛門が大きく嘆息した。

「よろしゅうございましょう。では、友として言わせていただきまする。一人で背負われますな」

「わかっておるわ」

ちらと本多政長が数馬を見た。

「まだまだ未熟だがの、こやつに少し持たせる」

「な、なにを」

数馬が慌てた。

「さて、儂がなにに苦吟していたかを教えよう」

「……怖いですが」

嫌だと言っても無駄だと数馬はわかっていた。

「永井右近大夫の息子信濃守はな、本多上野介が改易された後、その欠員として老中になっている」

「…………」

本多政長の言動に、数馬が沈黙した。

「つまり、那須の後ろには、永井がおる」

険しい顔で本多政長が告げた。

五

吉原は苦界《くがい》とされる。売られてきた女たちが地獄の日々を送っているだけでなく、男衆たちにも苦難の毎日であった。

苦界とは常世である世間と隔絶された場所との意味があり、ここには町奉行所や目付の権は及ばなかった。

というか、武家だけを取り締まる目付はもとより、町奉行も吉原に住まいする男も女も人として見ていなかった。

つまりは、どうでもいいのである。吉原のなかでなにが起ころうが、誰が死のうが、幕府は気にしない。

となると、町奉行や諸藩の捕り方に追われた無法者が逃げこんでくる。もちろん、そんななかで、吉原を手に入れようとか、女を好きにしようとか、見世を奪ってやろうとか、馬鹿を考えた者は生きていけない。あっという間に殺されて、身ぐるみ剝がされ、無縁仏にされてしまう。

だが、吉原に仇をなさなければ、ろくでもない者でも受け入れる。しっかり働くのであれば、前身がなんであっても、吉原で生きていける。

「あれは……加賀藩の留守居役と本多ではないか」

西田屋へ入る数馬たちの姿を見ていた者がいた。

「儂に恥を掻かせて、己たちは吉原で遊ぶか。二人ということは留守居役の任ではなかろう」

数馬の消えた後を睨みつけていたのは、越前福井藩松平家の留守居役須郷《すごう》であった。

須郷は、藩主綱昌が数馬に手渡した詫び状を、先達という地位を振りかざし取り返そうとして、本多政長に手厳しく断られていた。

「許せぬ」

己も吉原へ接待されて来ていることを棚に上げて、須郷が憤った。

「須郷さまではございませんか」

仲の町で立ち止まっている須郷に、顔見知りの男衆が声をかけた。

「……誰ぞ、おおっ、淡海屋の……たしか、江五郎《えごろう》であったな」

「覚えていただけたとは、ありがたいことで」

江五郎と言われた男衆が感謝の意を表した。

「今日は、どちらへ」

「長崎屋《ながさき》だ」

「それでしたら、もっと奥でございますよ。お供いたしやしょう」

江五郎が案内しようかと言った。

「長崎屋の場所なら知っている」

案内は不要だと須郷が断った。

「……江五郎」

「へい」

「これをくれてやる」

須郷が相手をしてくれる遊女や世話をしてくれた男衆に渡すために、用意していた心付けを江五郎に渡した。

「こいつは、どうも」

江五郎が喜んで受け取った。

「一つ頼みがある」

「なんなりと仰せになっておくんなさい。須郷さまのお頼みとあれば、なんでもやってのけやす」

言った須郷に江五郎が反応した。

「人を集められるか」

「何人でも。ですが……」

「わかっている。金は出す」

言いそびれた風の江五郎に須郷が安堵しろと告げた。

「でしたら、十でも二十でも」

「さすがに二十は要らぬな。ちと、脅しをかけてもらいたいだけだからな」

「脅しでございますか。でしたら、得意で」

変な自慢を江五郎がした。

「そうか。儂は長崎屋に行かねばならぬゆえ、そのへんは任せるが、決して殺すな。腕の一本くらいへし折るのはいいがな」

「やりすぎねえようにしやす」

江五郎がうなずいた。

「で、誰を」

「西田屋に入った侍二人だ。供もいるから三人か四人になるか。そいつらを吉原のなかで脅してな。土下座をさせてくれ」

「恥を掻かせろと」

「ああ。そうだな。佩刀を奪うのもいい」

確認した江五郎に須郷が思いついた。

両刀は武士の印である。その刀を奪われるのは、武士にとって最大の恥と言えた。人知れず取り返せればいいが、表沙汰になってしまえば、切腹するしか恥を雪《すす》ぐ方法はなかった。

「へい。で、奪った刀はどういたしやしょう」

「そっちで好きにしていい」

「そいつはありがたい」

売っていいと許可された江五郎が喜んだ。

「……こういった人相の年寄りと若いのだ。年寄りの紋は立葵《たちあおい》だからな。すぐにわかる」

「立葵……」

江五郎が驚いた。

徳川家の紋が三つ葉葵であるため、葵紋はお止めとなっている。葵紋を許しなく使用していると死罪となりかねない。どう考えても、他人目の多い吉原でこれ見よがしに葵紋を付けているとなると、格別の家柄でしかなかった。

「気にするな。ここは吉原、やった者勝ち、やられた者が負けな苦界だろう」

「……たしかにそうでやすが……」

江五郎が須郷の顔を窺うようにして見上げた。

「……金ははずむ」

「ありがとうございやす」

須郷の言葉に、江五郎が笑った。

「では、後は任せる。金は長崎屋に預けておく。明日の朝に取りに行け」

「承知いたしやした」

言い残して去っていく須郷を、江五郎が頭を下げて見送った。

「……金と刀か。こいつは運が向いてきたな」

顔を上げた江五郎がにやりと口の端を吊り上げた。

「葵の紋にちょっかいをかけろとは、須郷さまも無茶を言う。たしかに、吉原は苦界、他人を殺したところで、誰も咎められねえが……」

実際、吉原で女に振られたと怒って暴れた藩士を、吉原の男衆が寄って集って叩きのめし、大門外へ放り出したことは何度もある。

だが、ただの一度も、そのことで藩から吉原へ苦情が入ったことはなかった。

いや、暴れた藩士が吉原へ顔を見せることもない。それどころか、吉原の外に放置されたまま、引き取りに来る者さえなく、野垂れ死んだ者もいる。

武士にとって、吉原でなにかあるのは、まずいのだ。

当たり前だが、すべての武士は、主君のためにある。

例外は武家の頂点たる将軍だけで、老中でさえ、徳川の家臣でしかなく、その命は主家のために捨てるものであった。

そんな武士が遊所で怪我をした、あるいは死んだなど、奉公に差し支えるような状況になるのは、忠義を旨とする徳川幕府のもとでは許されざる行為であった。

「やっちまっても、こちらはどうとでも逃げられるしな。向こうも文句は言ってこないだろう。なにより……」

さらに江五郎が口の端を吊り上げた。

「須郷さまが金蔓《かねづる》になってくださるのがありがたい。葵の紋とわかっていて襲わせたんだ。ばれれば、首がなくなる。たまに小遣いを強請《ねだ》るくらいは認めてくださるだろうよ」

江五郎が独りごちた。

是非とも遊んで帰ってくださいましと願う西田屋甚右衛門を振りほどいて、本多政長と数馬は西田屋を辞去した。

「佐奈に女遊びが知れれば、琴の耳にも入るの」

西田屋を出たところで、本多政長が数馬の背中を叩いた。

「義父上……」

楽しそうな本多政長に、数馬がため息を吐いた。

「娘の婿に言うことではないが、下手に我慢するなよ。男は女を無性に欲しくなるときがある。その欲望を利用されては、留守居役としてまずかろう。ここにも留守居役に、壮年以上が多いというわけがある」

本多政長がなんとも微妙な助言をした。

「そのために佐奈をそなたに付けているのだ。儂に遠慮することはないぞ。今晩でも閨へ呼べ。かまわぬな、刑部」

「もちろんでございます」

佐奈の父、刑部も認めた。

「…………」

岳父に下の心配をされた数馬は、げんなりとした。

「どうした、儂も若いころは毎晩のように……」

「大殿さま」

「殿」

笑いながら昔話をしかけた本多政長に刑部と石動庫之介が割って入った。

「吉原で待ち伏せか」

すぐに数馬が腰を落とした。

「仲の町に出たところに、かなりの数の男がたむろしておりまする」

石動庫之介が告げた。

「後ろにも勢子《せこ》が来たようで」

刑部が続けた。

「武家ではなさそうだな」

「どうやら、吉原の男たちのようでございまする」

本多政長の確認に、刑部が答えた。

「そうか。ならば、遠慮は要らぬな。客へ手を出そうとする男衆など百害あって一利なしだ。消してやれば、西田屋も喜ぼう」

「……では」

刑部が念を押した。

「ここは苦界なり。本多に手出しをした愚か者どもに、目にもの見せてやれ」

存分にしろと本多政長が許した。

第五章　義父、ふたり

一

仲の町は吉原の中心を貫いている。大門を潜った男たちは、かならず仲の町に入らなければならず、一日中人通りは絶えない。

その仲の町一つ目の角を右に曲がった辻に西田屋はあった。吉原創始の老舗ながら、仲の町に面した三浦屋や卍屋ほど大きくはなかった。

「はて」

本多政長らを送り出して見世へ戻った西田屋の男衆が剣呑《けんのん》な雰囲気に気づいた。

「なんぞ……」

暖簾から顔を出した男衆は、四人の男たちが、数馬たち一行を追いたてるようにしているのに気づいた。

「お報せを」

男衆が西田屋甚右衛門のもとへと走った。

「網を閉じるつもりなのだろうが……主のお許しが出たとあれば」

刑部が口火を切った。

「手裏剣は遣うなよ。忍がいるとわかれば、後々《のちのち》、面倒になる」

「承知」

追いかけてくる本多政長の指示に応じながら、刑部がもっとも近かった男衆の懐へ飛びこんだ。

「あっ」

「ぬん」

余りの疾《はや》さに対応できなかった男衆の鳩尾を、刑部が殴った。

「…………」

鳩尾には人にとって大切な神経が集まっている。呼吸に使われる筋肉を動かす神経もあり、そこを強烈に殴られると気を失う。

男衆が一人落ちた。

「こいつっ」

「おわあ」

残っていた三人があわてて、手にしていた棒を構えた。

言うことを聞かない遊女や足抜けしようとした遊女を折檻《せっかん》するのに、吉原では一尺五寸（約四十五センチメートル）ほどの樫《かし》の棒に厚くぼろ布を巻いたものを使った。これならば殴ったところで、皮膚が裂けず、傷がつかないので、客を取るのに支障が出にくいからであった。

「くらえっ」

棒を振った男衆に、刑部が地を這うように低くなって足払いをかけた。

「あっ」

軸足を蹴飛ばされた男衆が、体勢を崩した。

「二人」

その傾いた首を刑部が摑んで逆にひねった。

「…………」

軽い音がして、男衆が脱力した。

「ひっ」

「ば、化けもの」

残った二人が恐怖した。

「わ、割りが合わねえ」

「わあぁ」

二人が背中を向けて逃げ出そうとした。

「どこの見世の者だい。いや、半纏《はんてん》を身につけていないということは、吉原の者じゃないとして扱っていいんだね」

見世を出てきた西田屋甚右衛門が、配下の男衆を率いて二人の前に立ち塞がった。

吉原の男衆は、どこの見世に属しているか、すぐにわかるよう名前あるいは、判じものを染め抜いた半纏を身につけている。

「吉原で暴れた者がどうなるかは、わかっているだろう」

身内扱いはされないと西田屋甚右衛門が宣した。

「きみがてて……」

西田屋甚右衛門は吉原遊女の父である。その双肩に吉原のすべてがかかっている。

その存亡を目の前にした西田屋甚右衛門の迫力に男衆たちが崩れ落ちた。

「大人しくしやがれ」

たちまち二人が取り押さえられた。

仲の町で待ち伏せていた六人には、数馬と石動庫之介が対応した。

「右をお任せします」

前に立った石動庫之介が数馬に言った。

「わかった。助かる」

刀は左腰にある。抜いて斬りつけるならば、己の右がしやすい。石動庫之介の気遣いに数馬が感謝した。

「抜きやがった」

「気にするねえ。今どきの侍なんぞ、刀もまともに使えねえ。なにより、この棒で叩けば、刀は折れる」

待ち伏せしていた男衆が驚いたのを、江五郎が宥めた。

「だけど、取りぶんが減るからな、刀をできるだけ折るなよ」

「そうだ」

「金だあ」

江五郎の言葉に男衆たちが、喜びの声をあげた。

「つあああ」

石動庫之介が太刀を薙いだ。

「へん」

棒を出して、無頼がこれを受けようとした。

「任せな」

刀が止められている間に、石動庫之介へ一撃を加えてやろうと別の男衆が前に出た。

「えっ……」

刀を止めたはずの棒に手応えがなかった。

「げっ」

続いて前に出た男衆が石動庫之介の太刀に脇腹を割かれた。

「……棒、棒が切れてる」

刀より硬いと言われている樫の棒が、見事に両断されているのに気づいた男衆が唖然となった。

「…………」

気を入れるほどでもないと、石動庫之介がその喉を貫いた。

「き、斬り合いだあ」

ようやく仲の町が騒がしくなった。

数馬は本多政長を気にしながら、戦っていた。

「せいっ」

襲い来た棒をかわしながら、太刀を振る。

「おっと」

身軽な男衆が後ろに跳んで逃げた。

「あの爺を狙え。あやつが一番偉そうだ」

江五郎が男衆たちに命じた。

「年寄りなんぞ、ものの数でもねえ」

「行かせると思うか」

横を抜けようとした男衆を数馬は許さなかった。

仲の町に比べれば半分ほどしか幅のない辻とはいえ、二間（約三・六メートル）ほどはある。だが、数馬の太刀の刃渡り二尺六寸（約七十八センチメートル）に腕の長さを足せば、一歩踏み出すだけで届く。

「義父上に毛ほどの傷もつけませぬ」

数馬の太刀が抜けようとした男衆の太ももを骨ごと断った。

「かはっ」

強烈な痛みに、意識を奪われた男衆が気絶した。

「くたばれっ」

一瞬背を向けた数馬に、対峙していた男衆が殴りかかろうとした。

「定番すぎるわ」

数馬が踏み出した右足へ体重を動かしながら、身体をひねって空を打たせた。

「おっとと」

全力で数馬の背を打とうとした男衆が、勢いのまま数馬のほうへとたたらを踏んだ。

「ぬん」

数馬がその出てきた左足を臑《すね》で斬り飛ばした。

「ぎゃあああ」

男衆が絶叫した。

「……ぐええ」

石動庫之介が最後の男衆の利き腕を断った。

「……な、なんだ、こいつらは。ただの侍じゃなかったのか」

残った江五郎が蒼白になって震えた。

「あまり派手にやるなよ」

石動庫之介に託して、数馬は本多政長のもとへ戻った。

「くそっ」

一人では勝ち目がない。手にしていた棒を捨てて、江五郎が人混みに紛れて姿をくらまそうとした。

「ちょっと御免よ。通してくれ」

「どいてくれ」

野次馬を割って男たちが出てきた。

「番所の連中だ」

野次馬があわてて間を空けた。

「待ちな」

逃げようとしていた江五郎を番所の男衆が捕まえた。

「離せ、離してくれ。おいらはなにもしていねえ」

「言いぶんは番所で訊く」

短く告げて、番所の男衆が江五郎を後ろ手に押さえつけた。

「御免を」

別の番所の男が石動庫之介に声をかけた。

「…………」

それを無視して石動庫之介が、数馬の側へ戻った。

「ご苦労であった」

本多政長が一同をねぎらった。

「では、帰ろうか」

「お、お待ちを」

歩き出そうとした本多政長を番所の男衆が止めた。

「なんだ。吉原はやられ損であろう」

本多政長が冷たい目で番所の男衆を見た。

「たしかにそうでございますが、さすがにこうも死人が出たんじゃ、少しお話を伺わないわけには参りません」

番所の男衆が本多政長に要求した。

「儂から話を訊くより、そいつらに問え。遊郭で他人を襲うなどあってよい話ではなかろうが。なんのために番所はある」

「うっ……」

言われた番所の男衆が詰まった。

「いいのだよ。こちらのお方は」

そこへ西田屋甚右衛門が割って入った。

「きみがてて……ですが、あまりに」

番所の男衆が渋った。

西田屋甚右衛門はすべての男衆たちを差配できるが、番所は三浦屋四郎左衛門《しろうざえもん》が人を出している。西田屋甚右衛門に言われたからと引いては、三浦屋四郎左衛門の面目が立たなくなる。

「こいつらをやったのは、うちの見世の者だよ」

「きみがてて、それは」

番所の男衆がいくらなんでも無理だと首を横に振った。

「そういうことにしないと三浦屋さんが潰れますよ」

「なにをおっしゃる。いくらきみがてといえども……」

否定しかけた番所の男衆が気づいた。

「まさか……」

番所の男衆がもう一度本多政長へ目をやった。

「立葵の紋……」

「三浦屋さんには、わたくしが話しますよ。いいね」

固まった番所の男衆に西田屋甚右衛門が釘を刺した。

「は、はい」

番所の男衆が首を大きく縦に振った。

「ということで、申しわけございませんでした。どうぞ、お帰りを」

「うむ」

深々と頭を下げた西田屋甚右衛門に、本多政長がうなずいた。

「後日、詳細をお報せいたしまする。お屋敷でよろしゅうございますか」

「屋敷にはおらぬ。娘婿のところに邪魔しておるでの。本郷の瀬能まで頼もう」

居所を確かめた西田屋甚右衛門に本多政長が告げた。

「三日以内に」

西田屋甚右衛門が一礼した。

二

福井を出た結城外記は、大聖寺《だいしょうじ》で早めの宿を取った。

「金沢へ話をしておかねば」

結城外記は、供の一人を金沢へと馬で向かわせた。

「本多さまのお屋敷へ」

数馬が本多政長の娘婿だと聞かされていた結城外記は、書付の返還に口添えを頼もうと考えた。

「はい」

供が問屋場で借りた馬を駆って、昼過ぎに大聖寺を出た。

大聖寺から金沢までは、およそ十三里（約五十二キロメートル）ある。馬を潰すつもりで走らせれば、半刻（約一時間）で行けるが、そんなまねをすれば問屋場から怒られる。

馬が疲れないていどの速さで、ときどき休息を入れながら、供は夕刻前に金沢へ着いた。

「ご開門を願う。拙者、越前福井藩松平家次席家老結城外記が家臣、友永左馬《ともながさま》と申す者」

馬を下りて、供が本多屋敷に求めた。

結城外記は、加賀藩前田家よりも格式の高い越前福井藩松平家の家老である。本多屋敷の表門を開けさせるだけの格式を、使者として来た供は持っていた。

「お待ちあれ」

同格に求められたとはいえ、確かめもせず、いきなり来た者の言うままになっていては、門番の役割として不足になる。

門番が表御殿へと報告した。

「越前福井藩松平家の次席家老結城どのだと」

報せを受けた本多主殿が戸惑った。

「騎乗のお使者さまでございまする」

「先触れか。わかった。表門を開けよ。出迎える。あと、ご使者どのに休息していただく座敷を用意いたせ」

騎乗の使者は疲れる。急いで復命しなければならないというならば、引き留められないが、そうでなければねぎらうのが心得であった。

「はっ」

門番士が首肯した。

「……越前福井藩松平家といえば、琴の婿がしでかしたばかりだの。見ていた本人に訊くか」

本多主殿が奥へと急いだ。

「おや、お兄さま、いかがなさいました」

女中の夏《なつ》とともに縫いものをしていた琴が、現れた兄に驚いた。

「無礼は詫びる。今……」

いかに妹とはいえ、女の部屋へいきなり入るのは礼にもとっていた。本多主殿が、謝罪は後でと用件を述べた。

「福井の結城外記さま。はい、存じあげておりまする」

藩主松平綱昌を捕まえて結城外記の屋敷へ連れこんだとき、琴も同行していたのだ。

「何用だと思う」

本多主殿が問うた。

「詫び状のことでございましょう」

「左近衛権少将さまが書かれたという」

「はい」

兄の確認に琴がうなずいた。

「今更、どうする気だ。もう、詫び状は殿のもとだぞ」

結城外記の狙いがわからず、本多主殿が困惑した。

「会われればわかりましょう」

琴が淡々と述べた。

「おまえの夫がしでかしたことだぞ」

少しは真剣に考えろと、本多主殿が琴を責めた。

「妻は夫に従うものでございますゆえ」

「よく言う」

ぬけぬけと言った琴に、本多主殿があきれた。

「越前福井藩松平家の家老が直接金沢まで来て、本多に面会を求める。となれば、よほどのことだとおわかりでございましょう」

「だな。当家と結城とにかかわりはない」

格としては等しいが、縁はない。使者を寄こしたからといって、いきなり訪れて当然という関係ではなかった。

「あまりお使者をお待たせしてはよろしくないと存じますが」

琴があきらめて会えと、本多主殿を促した。

「まったく、他人事のように……」

文句を言いながら、本多主殿が部屋を後にした。

「夏」

「はい」

目で合図した琴に夏が応じ、すっと部屋を出ていった。

使者を待たせている客間に、本多主殿は琴のもとから直接出向いた。

「お待たせをいたした」

「いえ。不意に訪問をいたしましたこと、お詫びをいたしまする」

ともに謝罪から入るのも一つの形であり、のちのち無礼だとの非難を避けることができた。

「さっそくでございますが、我が主結城外記、本日、大聖寺にて宿を取りましてございまする」

「明日昼過ぎには金沢へ入られるということであるかの」

「さようでございまする」

「当家へお見えか」

うなずいた使者に本多主殿が確認した。

「御用については」

事前説明を本多主殿が求めた。

「申しわけございませぬが、それは当日、主がお話をさせていただくと」

使者が首を横に振った。

「承知いたしましてござる」

相手は加賀藩前田家を見張るのが役目の越前福井藩松平家の家老である。拒めないわけではないが、後々面倒を招きかねない。

本多主殿が承諾した。

「お疲れでござろう。夜中の馬は危険でござる。一夜当家でお過ごしになり、明朝復命なされよ」

「かたじけなし」

本多主殿の勧めに、使者が礼を述べて、案内の本多家士とともに出ていった。

「……使えるな」

一人になった本多主殿が呟いた。

「夏、おるな」

本多主殿が誰もいない客間で呼びかけた。

「はい」

声だけで夏が応じた。

「動くと琴に伝えよ」

「はっ」

夏が本多主殿の伝言を預かった。


翌朝、朝餉も摂らずに使者が結城外記のもとへと出立した。

「さて、砂部《さべ》、行こうぞ」

「お供を」

本多主殿に言われた軒猿が、草履取りの姿で先導した。

「阪中玄太郎の屋敷はどこであったか」

「石引《いしびき》でございまする」

問われた軒猿の砂部が答えた。

「近いの」

本多主殿がうなずいた。

石引は金沢町の南東で、本多屋敷とは目と鼻の距離であった。

「阪中玄太郎は無役であったの」

「はい」

「ならば、朝は屋敷におろう」

本多主殿が独り言のように口にした。

「先触れをいたしまする」

石引町に入ったところで、砂部が小走りに離れた。

「主殿どのがか」

砂部の先触れを受けた阪中玄太郎が驚愕した。

まだ後を継いでいないとはいえ、本多主殿がたかだか千石に満たない藩士のもとを訪れるなど、あり得ていい話ではない。

「愚かなまねを。なぜ、我らがわざわざ寺に集まっているのかをわかっておらぬか。我らの間に繋がりがあると知られてしまうではないか。ええい」

阪中玄太郎が歯がみをした。

「苦労知らずはこれだから困る。このていどの輩が、将来当藩の筆頭宿老となるなど、破滅しかない。やはり、我ら志ある者が、後ろで支え、藩政をおこなわせねばならぬ」

決意をあらたにした阪中玄太郎が、本多主殿を迎えた。

「すまぬの。朝から」

「いえ。なにか急ぎでもございましたか」

先ほどまでの不満を隠して、阪中玄太郎が本多主殿に尋ねた。

「耳に入れておくべきだと思っての」

本多主殿が、越前藩から家老が訪れてくることを述べた。

「越前から……」

聞かされた阪中玄太郎が息を呑んだ。

「どのような用件かは、当人が話すとのことだがの」

「むうう」

阪中玄太郎が思案した。

「話だけ聞いて、帰すか」

「内容によりましょう」

「そうか。では、越前藩家老の言いぶんを聞いてから、また知らせに来よう」

「お待ちあれ」

帰りかけた本多主殿を阪中玄太郎が止めた。

「いつになりましょう」

報告の日時を阪中玄太郎が訊いた。

「今日の昼過ぎに来て、一晩泊まるであろうゆえ……明日の昼ごろになろうか。さすがに客人をおいて、留守にもできぬでの」

のんびりと本多主殿が告げた。

「明日の昼では遅い……」

阪中玄太郎が苦い顔をした。

「遅いとは、なにがかの」

本多主殿が首をかしげた。

「主殿どのとわたくしのかかわりは、すでに知られてしまいました」

「そんなはずはないぞ。顔見知りには会わなかったし、目立たぬように来たからの」

阪中玄太郎の言葉に本多主殿が反論した。

「……はあ」

　大きく阪中玄太郎がため息を吐いた。

「とにかく、そうお考えいただきたい」

「お、おう」

　きつく言われた本多主殿が引いた。

「当然、敵も手を打ってきましょう」

「敵とは、以前そなたが申していた加賀藩を潰そうとしている、悪い者どものことよな」

「さようでございまする。主殿どののことを知ったその者たちがわたくしどもを排除しようと動き出しまする」

「それはいかぬな。どうすればいい」

　焦《じ》らされた本多主殿が質問した。

「やられる前に対応を練らねばなりませぬ。それには、少しでも早く越前藩がなにを言いに来るかを知らねばならぬのでござる」

「なるほど」

　本多主殿が納得した。

「余は出られぬゆえ、誰ぞ家臣でも遣わそうか」

「それもよろしくありませぬ。その家臣からことが漏れるやも。本多家の家臣は安房さまを主君と仰いでおりまする」

「余には従わぬと」

阪中玄太郎の言いぶんに本多主殿が腹を立てた。

「それが武家でございましょう。当主に絶対の忠誠」

「むうう」

正論に本多主殿が唸った。

「では、どうするのだ」

「わたくしを同席させていただきたい」

「そなたを……」

阪中玄太郎の要求に、本多主殿が戸惑った。

「本多の家中として相手にご紹介いただければ、同席してもおかしくはございますまい」

「そうか」

言った阪中玄太郎に、本多主殿が微妙な顔をした。

「余はいつも一人で客と会うぞ」

「今回だけの話でござる。すぐに越前藩の要求を知って、どうするかを決めねばならぬゆえの特例。今回限りでござる」

「特例か……ならば、やむを得ぬの」

すんなりと本多主殿が認めた。

「では、昼ごろにお邪魔をいたしまするが、表門から出入りしては目立ちますゆえ、脇門を使いたく」

「わかった。脇門を開けておく」

阪中玄太郎の頼みに本多主殿が首肯した。

五万石の屋敷は大きい。とくに本多家は森を一つ取りこんでおり、出入りできるところも多かった。

「ではの」

本多主殿が阪中玄太郎の屋敷を出た。

「……砂部」

少し離れたところで本多主殿が、砂部を呼んだ。

「三人」

砂部が小声で答えた。

「多いな」

本多主殿がつぶやき、それ以上は屋敷に帰るまで無言を貫いた。

夏は本多主殿の姿をかなり遠くで見ていた。

「あれと、あれ、そしてあそこか」

砂部が答えた三人の見張りを夏はしっかり把握していた。

「あれは素人だな。偶然、主殿さまを見かけて、後を付けたというやつだろう。問題は残りの二人……」

夏が本多屋敷に近づいた二人を見た。

「足運びは見事だが、忍ではないな」

一人を夏は藩士と判断した。

「問題はもう一人……普通の武家娘に見えるが足運びに癖がある」

夏は遠くからの観察で止めた。

正体を知ろうとして近づきすぎると、こちらの気配も大きくなる。見つかってしまえば、相手にこちらの情報を一つ与えてしまう。

「主殿さまがお屋敷に入られたか……」

夏が目を細めた。

「武家は報せに戻るようだ」

すっと藩士らしい武士が本多屋敷から離れていった。

「後を付けたいが……」

一人では、二人を見張ることはできない。

「女が気になる。ひょっとして……歩き巫女か」

夏は残っている武家風の女を見張り続けるべきだと判断した。

三

先触れに出した家臣と合流した結城外記は、昼八つ（午後二時ごろ）、加賀金沢の本多屋敷に到着した。

「お待ち申しておりました」

先触れを受けている。本多屋敷の表門は開かれ、打ち水もされて、来客を迎える準備は調っていた。

「うむ、世話になる」

出迎えの本多家の家臣にうなずいた結城外記が、表御殿の玄関へ腰を下ろした。

「お草履を」

草履取りが結城外記の草鞋《わらじ》を脱がせている間に、本多家の小者が足を洗う濯ぎ桶を用意した。

「遠路お出でいただきました」

足の埃を洗い落とすのを待っていた本多主殿が、玄関へ出てきた。

「お出迎えを感謝いたしまする。結城外記でござる」

「あいにく父が上様のお召しで出府しておりまする。代わりましてわたくし本多主殿がお話を承りましょう」

玄関で二人が初対面のあいさつをすませた。

「では、こちらへ」

本多主殿の案内で、二人は客間へ移動した。

「これなるは、吾が家臣でございまする。同席いたしても」

「かまいませぬ。こちらも一人、伴席いたしまする」

名前をも紹介せず、阪中玄太郎の同席を求めた本多主殿に、結城外記が応じた。

「……では、早速に」

それぞれ一人を側において、話し合いが始まった。

「本日は我が殿、左近衛権少将の意をもって参りましてござる」

「左近衛権少将さまの。お伺いしましょう」

結城外記と本多主殿が背筋を伸ばし、二人の同席者が手を突いた。

「先日、貴家瀬能数馬どのにお預けした書付をお返しいただきたく」

詫び状と言わず、結城外記が書付とした。

「瀬能数馬に左近衛権少将さまが書付を……」

一瞬、本多主殿が戸惑った顔をした。

「ご存じかと存じまするが、瀬能は当家にて留守居役をいたしており、すでに江戸へ出向いておりまする」

本多主殿が数馬は金沢にいないと応じた。

「存じておりまする。聞けば、本多さまと瀬能どのは御縁続きになるとか」

「はい。瀬能は妹婿でござる」

本多主殿が結城外記の確認を認めた。

「その御縁でお願いに上がりましてござる」

「瀬能にお預かりした書付を返せと、当家から口添えが欲しいとの仰せか」

「口添えではなく、返せと」

確かめようとした本多主殿に、結城外記が首を左右に振った。

「それは難しい。父がおりましたならば、まだ筆頭宿老として命じられまするが、わたくしでは」

無理だと本多主殿がため息を吐いた。

「それでは困りまする」

結城外記が一膝進んだ。

「どのような書付でございまするや」

「ご存じでございましょうが」

訊いた本多主殿に、結城外記が白々しいと気分を害した。

「あいにく、わたくしは未だ部屋住みでございますれば」

表に出ていないと本多主殿が首を左右に振った。

「ご存じない……」

「はい。父は政にかかわることは一切口にいたしませぬし、瀬能とはもう長く顔を合わせてもおりませぬ」

啞然とした結城外記に本多主殿が伝えた。

「瀬能どのに嫁がれた妹御からは」

「琴でございますか。はて、そのような話を聞いたことはございませぬが……確かめてみましょう」

琴のことを口にした結城外記に、本多主殿が手を叩いた。

「御用でございましょうか」

少し離れていたところで待機していた本多の家臣が顔を出した。

「琴をこれへ」

本多主殿が琴を呼んでくるようにと言った。

「……お呼びでございますか」

しばらくして琴が客間に現れた。

「先日は」

結城外記が琴に声をかけた。

「これは結城さま、ようこそのお見えでございまする」

琴がにこやかに応じた。

兄よりも先に声をかけた結城外記の狙いを琴は読んだ。先日はお世話になりましたとか、助かりましたとか言わせて、貸しを意識させようとしたのだ。それを琴は歓迎の言葉で流した。

「このようなところにすまぬな」

本多主殿が琴に詫びた。

「いえ。わたくしに御用でございましょうか。お役に立てそうにございませぬが」

琴が最初に布石を打った。

「そなた越前の太守松平左近衛権少将さまが、瀬能にお書付をお預けになられたのを存じおるか」

問いながら、本多主殿が目配せをした。

「……書付」

思い出すような振りをしながら、琴が阪中玄太郎をちらと見た。

「…………」

無言で本多主殿が小さくうなずいた。

「ああっ、左近衛権少将さまのお詫び状」

「なっ」

「なんだそれは」

「えっ」

琴が手を打った瞬間、結城外記が目を剝き、本多主殿が首をかしげ、阪中玄太郎が驚愕した。

「存じおるのだな、琴」

結城外記が割り込む前にすばやく本多主殿が続けた。

「はい。わたくしの目の前で、お認《したた》めになられておられました」

「…………」

素直にばらした琴に、結城外記が呆然とした。

「詫び状と言ったが、なにか左近衛権少将さまが、瀬能に……」

「主殿どの」

まだ質問を重ねようとする本多主殿を結城外記が遮った。

「琴どのと言われたか」

「はい。瀬能数馬の妻、琴にございまする」

知っていながら確認する結城外記に、琴があらためて名乗った。

「書付でござるが、どこにあるかを知っておられるかの」

強く書付と言い、結城外記が尋ねた。

「はい」

「どこに」

知っていると首を縦に振った琴に、結城外記が身を乗り出した。

「殿のお手元でございまする」

「ま、まことに」

琴の口から出た答えに、結城外記が顔色を変えた。

「主殿どの、加賀守さまにお目通りを願いたい」

「急になにを」

結城外記の要求に、本多主殿が戸惑った。

家臣でさえ、主君にそうそう目通りをできるものではない。加賀藩でも願い出て、すぐに許されるのは、本多、長、前田などの人持ち組頭家くらいのもので、それ以下となると、用件を申し出て、それから綱紀の都合と調節してとなる。よほど重要な用件であれば、午前中に願って、昼からということもあるが、普通で二、三日はかかる。

ましてや他藩の者となると、綱紀の安全や用件の内容が無礼に当たらないかなど、相当な手間が要った。

「一度、国へお戻りになられ、正式に使者を出していただいて……」

通常の手続きを取ってくれと本多主殿が願った。

「火急でござる。そこをなんとか願いたい」

ここでなんの成果もなく国元へ戻れば、綱昌から得た信頼が崩れる。なんとか命をかけて松平将監らを排除して手にした、世襲の城代家老にという道筋が消えてしまう。それどころか期待はずれだと見捨てられる。

「無理を仰せられるな」

「お願いをいたしまする」

首を横に振る本多主殿に結城外記がすがった。

「……ご用件は」

なんのために目通りするのかを本多主殿が質問した。

「書付をお返し願うためでございまする」

「……ううむう」

左近衛権少将の意をもう一度持ち出された本多主殿が唸った。

綱昌はまだ若く、藩主としては未熟で、綱紀の相手にもならない。が、その家格は御三家に次いで高く、珠姫の長男として生まれ、四代藩主の座に就いた前田光高のお陰で、江戸城中大廊下下段に席をあげられた加賀前田家よりも格上になる。

その綱昌の願いとあれば、無下にもできなかった。

「わかりましてございまする。ただし、いつお目通りが叶うかはわかりませぬぞ」

本多主殿がため息を吐きながら、手配はしてみると言った。

「お願いをいたす。城下の本陣にてお待ちする」

それ以上詳細を問われては困るとばかりに、結城外記が座を立った。

「わたくしもこれにて」

続けて琴も下がっていった。

「……はあ」

阪中玄太郎と二人きりになった本多主殿が肩の力を抜いた。

「主殿どの。あれは真か」

「詫び状のことでござるか。吾はなにも聞いておらぬが、琴が見たというならば、そうなのでござろう」

迫る阪中玄太郎に、本多主殿が応じた。

「詫び状とは……」

阪中玄太郎が独りごちた。

「いかがいたしたか」

「いえ。拙者もこれにてごめん」

怪訝な顔をした本多主殿に手を振って、阪中玄太郎も去っていった。

「砂部」

「……お任せを」

誰もいなくなった客間で本多主殿が名を出し、どこからか返答があった。

本多屋敷の脇門を出た阪中玄太郎は、その足で自宅ではなく、城下外れの小身者の屋敷が建ち並ぶ一角へ向かった。

「おるか」

並ぶ小さな屋敷の一つ、その勝手口へ回った阪中玄太郎が訪ないを入れた。

「阪中ではないか。どうした」

すぐに屋敷の主が顔を出した。

「大変なことを聞いた」

阪中玄太郎が今朝からのことを語った。

「……越前の詫び状」

主が絶句した。

「まちがいないのだな」

「ああ。まちがいなく現物は、殿の手元にある」

念を押した主に阪中玄太郎がうなずいた。

「わかった。お報せする」

「急いでくれ。明日には結城と殿のお目通りがなるやも知れぬ」

越前松平家の家老の求めは大きい。明日朝一番で目通りが認められても不思議ではなかった。

「言うまでもない。では、帰れ」

主が阪中玄太郎に手を振った。

四

どう考えても急を要する話ではない。越前福井藩松平家にとっては大事でも、加賀藩前田家にとっては、ありきたりの所用と同じである。

まだ日は暮れていないが、綱紀の執務の刻限は過ぎている。

本多主殿は結城外記の願い、綱紀への目通りを明日へと回し、代わって舅のもとを訪れることにした。

「なにか父御にお伝えすることはあるかの」

妻春姫《はるひめ》のもとを訪れた本多主殿が問うた。

「萬十郎《まんじゅうろう》が健やかであるとだけ、お伝えくださいまし」

春姫は前田孝貞が娘であり、嫡男萬十郎の母でもあった。

「一度、お招きするか」

本多主殿が春姫に提案した。

筆頭宿老本多家と加賀前田の本家筋にあたる前田家とは、なにかと軋轢のある間柄であった。

前田孝貞の娘が本多家へ輿入れしたのも、宿老同士の不仲を解消しようとした加賀前田家三代利常の強い斡旋《あっせん》があったからである。

幸い、春姫と本多主殿の仲はよく、嫡男萬十郎を儲けていた。

「よろしいのでございますか」

春姫が喜んだ。

「祖父と孫が会うに、なんぞ支障があろうか」

「ですが、義父さまがお留守の間に……」

言った本多主殿に春姫が本多政長のことを気にした。

当主が留守の間に、政敵を屋敷に招く。本多政長が知れば怒るのではないかと、春姫は危惧したのだ。

「あの父ぞ。気になどなさるまいよ。いや、かえって留守だからよかったと仰せになろう。父がおるときに、義父上が来られると、城下がなにかと騒がしくなる」

政敵同士が行き来さえしなかった屋敷で会う。誰が考えても密談だとなる。

「かわいいな、孫は」

「おう、あんなに笑って」

実際は縁側で孫を愛でていても、世間は二人が丁々発止と言葉で戦っていると思っている。そして、それはいずれ加賀を揺らす、そう警戒してしまう。

だが、本多政長がいなければ、それは違った風に見える。

「娘婿は、どうやら舅に取りこまれたようだ」

「次代の本多は甘い」

本多主殿が、前田孝貞に負けたと取られる。

「それは……」

気づいた春姫が、夫を気遣った。

「今更よ。祖父、父が、いや曾祖父から本多家は、謀略の血筋と見られてきた。まあ、曾祖父と父は、まちがいなくそちらだろうが、祖父の政重公は武で鳴らしたお方であった。二代に一人は策謀に向かないと思われれば、それでいい。代々、本多はと怖れられるのは、加賀の臣としてよろしくない。侮られるときもいる」

己の評判なんぞ、落ちたところで困らないと本多主殿は笑った。

「すみませぬ」

春姫が深々と頭を下げた。

先日、琴姫を春姫が本多家へ輿入れするときに付随してきた家臣が襲った。幸い、女軒猿の活躍で、無事にすんだが、一つまちがえれば、金沢の城下で本多家と前田孝貞家の戦いが始まりかねないほどの大事であった。

一応、本多政長と前田孝貞の会談で、最悪の事態は避けられたが、それでも両家の溝がさらに深くなったと、世間は恐怖した。

「両家の和解の象徴だろう、わたしたちは」

本多主殿が優しげな声で言った。

「あなた……」

「春が、あのときは怒ってくれたことでもあるし」

泣きそうな目をした春姫を、本多主殿が撫でた。

春姫は琴を襲ったのが、己の付き人だと知った途端に激怒し、連れてきた者すべてに暇を出すと宣した。

本多家から放逐された者を、もと家臣だからといって前田孝貞は受け入れない。そのようなまねをすれば、本多家に刺客を忍ばせたのは前田孝貞だと言われてしまう。金沢で、本多家と前田孝貞家に逆らって生きていけるはずもなく、付き人たちは恐怖した。

「春に忠誠を誓うならば、今回は咎めぬ」

本多政長が春の苦衷を慮《おもんぱか》ったことで、放逐は実行されなかったが、それ以降付き人たちは大人しい。

「かたじけのうございまする」

「行ってくる」

頭を下げた春姫に、本多主殿が手を上げた。

一万石をこえる所領を持つ人持ち組頭の屋敷は、金沢城の至近に固まっている。本多家と前田孝貞家もさほど遠くはないが、身分が邪魔をして先触れ、駕籠と大仰な形を取らなければ、訪問できなかった。

「越前から客が来たそうじゃな」

訪れた本多主殿に、前田孝貞がいきなり言った。

「やはり、ご存じでございましたな」

本多主殿が阪中玄太郎らに見せるのとは、まったく違った表情で応じた。

「表門を開けるようなまねをして、気づかれないわけなかろう」

武家の表門は城の大手門に模され、開くだけの理由が要る。藩主を除けば、加賀でもっとも格式の高い本多家の表門が開かれた。それだけで、噂になる。

「越前福井藩松平家の次席国家老となれば、いたしかたございませぬ」

「次席国家老か。なかなかの大物じゃな」

前田孝貞がうなずいた。

「詫び状を返せか」

「はい」

首肯した本多主殿が結城外記の用件を告げた。

「……代償はなし。なんとも甘く見られたものよ」

聞き終わった前田孝貞が口の端を吊り上げた。

「殿へのお目通りを願っておりますが、いかがいたしましょう」

「婿どのはどう思う」

綱紀に会わせても大丈夫かと訊いた本多主殿に、前田孝貞が問い返した。

「お断りすべきかと」

本多主殿が首を横に振った。

綱紀は名君である。世情もよく把握し、威厳もあり、勉学にも熱心である。ただし、他人をからかって遊ぶという悪癖があった。日ごろは出さないが、みょうなときに要らぬことを言うことがあり、他家の者との面会には細心の注意が要った。

「儂は違う。越前の家老は会わせるべきだと思う」

「よろしいのでございますか」

本多主殿が危惧した。

「たとえ、殿が悪癖を出されたところで、向こうはなにも言えぬ。藩主の詫び状など、この世に在ってはならぬものだ。もし、当家が左近衛権少将さまの詫び状を、御上へ差し出してみろ。左近衛権少将さまは、藩主としての資質に難ありとして、隠居させられるぞ」

前田孝貞が述べた。

「もっとも会う、会わぬは殿のお気持ち次第じゃがな」

強要はできないと前田孝貞が付け加えた。

「でございますな」

本多主殿も同意した。

「用件はそれだけではなかろう」

前田孝貞が促した。

「ご存じだと思いまするが」

「ふん、おぬしも似てきたな、安房どのに」

にやりと笑った本多主殿に、前田孝貞が心底嫌そうな顔をした。

「わたくしに人を付けておられましょう」

「わかっていて、放置しているだろうに、なにを言うか。おぬしも儂に付けておろう、軒猿を」

婿と舅が遣り合った。

「お互いさまでございますな」

本多主殿が苦笑した。

「ご存じの通り、阪中玄太郎らとつきあっておりますが……どうも、しっくり参りませぬ」

「阪中玄太郎が頭ではないと」

「はい」

「違うだろうな。一度、儂を誘いに来たが、やはり気に入らなかった。なにか、着物の上から背中を掻いているような……」

「さようでございまする。話を振っても、その反応が打てば響くではなく、いつも遅い。深慮遠謀だと言えば、言えましょうが……」

「演じているようだと」

「………」

前田孝貞の感想を無言で本多主殿が肯定した。

「ただ、演じているのか、己で判断ができていないのか」

本多主殿が首をひねった。

「後ろ盾がおるという感じではない……か」

「はい」

腕組みをして思案する前田孝貞に、本多主殿が同意した。

「軒猿を付けておるのだろう」

「付けておりまする」

「ならば、その報せを待つしかあるまい。下手にそなたが動けば、向こうも警戒しよう」

前田孝貞が慎重にことを進めろと告げた。

「そういたしましょう」

用件は終わったと本多主殿が立ちあがった。

「見送ろう」

同格の人持ち組頭家の嫡男で娘婿となれば、当主が玄関まで見送っても問題にはならない。前田孝貞は本多主殿が駕籠に乗りこむのを見守った。

「ああ、義父上。一度、萬十郎を見に来てくださりませ。春もお目にかかりたいと申しておりまする」

「萬十郎か。もう七つであったかの」

「八歳になりました。随分と身体もできて参りまして、武芸の鍛錬を始めさせようと思っておりまする」

駕籠の外と中で義理の親子らしい会話をかわす。すでに行列の出発に合わせ、前田孝貞屋敷の表門は開かれている。二人の遣り取りは外からも見えていた。

「近いうちに、孫の顔を見に行くとしよう」

「お待ち申しておりまする」

前田孝貞が行くと言い、本多主殿が歓迎すると答えた。

外から見るぶんには、婿と舅の当たり前の挨拶に過ぎないが、その裏には阪中玄太郎らの裏と、結城外記の目的を調べ、その結果を互いに共有するための場として、本多の屋敷を使うという合意が含まれていた。

「では」

本多主殿を乗せた駕籠が動き出した。

五

三日と言いつつ、翌日には西田屋甚右衛門が、数馬の長屋を訪れた。

「西田屋甚右衛門でございまする。瀬能さまのお長屋へ通りまする」

吉原の遊女屋の主がやってくる。普通の藩士ならば、後で横目付に呼び出されるが、留守居役はお咎めなしである。

「お待たせをいたしました」

「いや」

客間ではなく、居間へ通した数馬は、一礼した西田屋甚右衛門に手を振った。

「義父は、任せると言っておる」

本多政長は同席しないと数馬は告げた。

「結構でございまする。では早速」

西田屋甚右衛門が無駄話はせず、語り始めた。

「あの襲撃をまとめておりましたのは、淡海屋という見世の男衆江五郎と申す者で、他の男たちは、金で誘われた場末の見世の者どもでございました。わたくしの指図が届きませず……」

申しわけなさそうに西田屋甚右衛門が続けた。

「……さて、その江五郎に本多さまを狙わせた者でございまするが……」

一度、西田屋甚右衛門が言葉を止めた。

「越前福井藩松平家の留守居役、須郷さまだと」

「須郷……あやつか」

すぐに数馬は、評定所からの帰りに絡んできた男だと思いあたった。

「あやつが義父を狙った理由は」

「なんでも、恥を掻かせろと。吉原の真ん中で、武士でもないどころか人でもない男衆たちに無様に打ち据えられた姿を、晒させよと」

訊いた数馬に、西田屋甚右衛門が述べた。

「そうか」

数馬が険しい表情になった。

「深く、深くお詫びをいたしまする」

西田屋甚右衛門が額を押しつけて、謝罪をした。

「そこまで謝らずともよい。西田屋どのが、したわけではなし」

「いいえ、須郷さまへなにもおできにならぬことへの詫びでございまする」

「なんのことだ」

平伏したまま言った西田屋甚右衛門に、数馬が首をかしげた。

「須郷さまの命だとあの男たちが、証言をいたすことはございませぬ」

「どういうことだ」

「吉原の男たちは、苦界の者。大門から外へ出ることはかないませぬ。そして世間は大門から内へ手出しができませぬ」

吉原は世俗にかかわれないと西田屋甚右衛門は告げたのだ。

「……………」

「そうでなければ、吉原は生き残れませぬ」

どちらかに肩入れすれば、敵に回った相手からの復讐を受けることになる。女を犠牲にして生きている吉原に、それに抗する武力はない。

「表だって味方することはできぬと」

「はい」

西田屋甚右衛門が顔を上げた。

「こちらから、須郷を咎めることはできぬ。それは同時に、吉原でなにかあっても須郷は、我らに文句は言えぬ。つまり、やり得、やられ損」

「さようでございまする」

言いたいことを読み取ってくれた数馬に、西田屋甚右衛門が満足そうに首肯した。

「もちろん、瀬能さまのお手はわずらわせませぬ」

西田屋甚右衛門が口の端をゆがめた。

「楽しく遊んでいただく遊里で、騒動を起こしてくれたのでございます。幸い、お客さまに怪我もなかったとはいえ、危うく吉原の名前が地に落ちるところでございました」

吉原の男衆が、客を襲った。そんなところに客が行くはずもない。西田屋甚右衛門の怒りは当然であった。

「皆様方のお陰で、最悪だけは避けられましてございまする」

数馬たちが軽くあしらったことで、江五郎たちが吉原の男衆だとはばれずにすんだ。

「だからといって、なかったことにはいたしませぬ。相応の咎めをくれてやらねば気がすみませぬので」

「どうするというのだ」

「なにもいたしませぬ。吉原は須郷のためになにもいたさぬこととしいたしましてございまする」

尋ねた数馬に西田屋甚右衛門が答えた。

「なにもしない……」

「はい。須郷の馴染みの見世を潰しましてございまする。これで須郷は吉原の客ではなくなりました」

西田屋甚右衛門が指を一つ折った。

「見世を潰してよいのか」

数馬が思わず目を大きくした。

「看板を変えさせただけでございますよ。形だけでも潰れれば一応馴染みはすべてなくなりまする。もちろん、他のお馴染みさまにはしっかりとお話しして、大事にいたしておりまする」

「……………」

遊里の怖ろしさに、数馬が黙った。

「須郷は吉原へ出入りできなくなったと」

「いいえ。いくらでもお見えいただいて結構でございますよ。ただし、客として扱うところがなくなっただけでございまする」

西田屋甚右衛門が小さく笑った。

「それは……」

数馬が絶句した。

越前福井藩松平家とはいえ、接待されるばかりではない。二代忠直のとき、幕府に喧嘩を売って取り潰されたこともあり、老中や幕府に影響力を強く持つ御三家、井伊《いい》家など有力な大名を味方に取りこもうと、接待を欠かさないようにしている。

そういった老中や大藩の留守居役の接待は、その辺の遊郭とはいかなかった。

幕府が認めていない遊郭はご法度であり、いつ町奉行所の手入れがあるかわからないからだ。もし、接待の最中に町奉行所の手が入っても、こういった留守居役が捕まることはなかった。町奉行とはいえ、役人には違いない。あえて上役の機嫌を悪くするようなまねをすることはない。黙って解放するが、それでも楽しく女を抱いているときに邪魔をされていい気持ちになるはずはなく、接待は失敗になる。

となれば、接待は絶対に町奉行所が手を出さない御免色里の吉原でとなる。その吉原で、須郷は接待の場を設けることができなくなったのだ。

「もちろん、他の越前福井藩松平家さまのご宴席はお引き受けいたしまする」

「終わるな、須郷は」

西田屋甚右衛門の言葉に数馬はため息を吐いた。

接待できなくなった留守居役など、算盤《そろばん》を使えない勘定役より役立たずである。藩がいつまでも役立たずを使うはずもなく、ましてそんな者を出世させて、他の役目へ就けることはない。

「怖いの」

数馬が西田屋甚右衛門を見た。

「瀬能さまのご接待は、吉原をあげてご協力させていただきまする。いつでも、どこでも、お申し付けくださいませ。高尾太夫《たかおたゆう》でも用意いたしましょうほどに」

高尾太夫は吉原一の大見世三浦屋の看板と言われる名妓のことである。まさに吉原を代表するだけの美貌と教養を持ち、二代目は仙台藩主綱宗《つなむね》によって落籍されたとされ、その代金が体重と同じだけの小判であったと言われている。

今の高尾太夫は三代目で、二代目に並ぶほどの美妓とされており、江戸中の豪商、粋大名が争って、その歓心を買おうとしている。一夜呼ぶだけで、百両ほどかかり、とても一留守居役では、手の届く相手ではなかった。

「勘定方から殺されるわ」

数馬が苦笑した。

「いえいえ、三浦屋さんから是非にと。番所が馬鹿を抑えきれなかったことへの謝罪だとかで、お代は普段と同じだけで結構でございますと。ただし、これは加賀さまへのお詫びではございませぬ。瀬能さまへのもの。他のお方さまにはご遠慮願いまする」

西田屋甚右衛門が手を振った。

「……………」

数馬が息を呑んだ。

そもそも加賀藩が接待をするのは、よほどの面倒ごとが起こりそうなときである。

とくにお手伝い普請の噂が聞こえてくれば、留守居役は全員で駆けずり回る。

老中はもちろん、お手伝い普請の実務を担当する作事奉行、普請奉行、お側用人《そばようにん》と名前が変わったばかりの近習出頭役など、あらゆる伝手《つて》を頼って接待を重ねる。

「なんとしてでもお手伝い普請を防げ」

まさに藩命、厳命であった。

というのは、明暦の火事の後、焼け落ちた江戸城再建で加賀藩前田家は痛い目に遭っていた。

三代将軍家光の寵愛が祟ったのか、あるいはそのまま頼りになると思われたのか、加賀藩前田家は、江戸城の象徴であった天守閣を支える石垣の再建を命じられた。

死者十万人、八百町以上を焼失した大災害で、加賀藩も江戸屋敷の多くを失っており、その被害を復興するのに必死な最中のお手伝い普請であった。

お手伝い普請は断れない。ましてや、三代将軍家光から、子供がないなら加賀藩四代目藩主で甥の光高をと言われるほどの寵愛を受けたのだ。断ることは、家光の思いをないがしろにしたと言われ、幕府からどのような処罰を受けさせられるかわからない。

まさに血の涙で受けたお手伝い普請であったが、江戸城の顔となる天守閣の石垣となれば、天下一の大きさと堅固さ、美しさを兼ね備えなければならず、大工、石工も天下の名人を呼び寄せ、西国からよい石材を江戸まで運んでくることになる。

その費用たるや、石垣だけでちょっとした城ができるほどの金額になった。

「持ちませぬ」

自家の被害もある。さらに富山藩などの支藩への援助もいる。加賀藩前田家は、その負担に耐えかね、恥を忍んで幕府へ規模縮小を願い、高さ七間（約十二・六メートル）の予定であったものを六間（約十・八メートル）へと変更をしてもらった。

「百万石といえども、たいしたことはない」

「三代さまが泣いておられよう。ご寵愛の臣から尽くしてもらえぬとな」

加賀藩前田家は嘲笑の対象となり、若くして死んだ父光高の跡を幼くして襲った綱紀が、登城したときに顔をあげられなかったほどであった。

綱紀の後見をしていた三代藩主利常が、明暦の火事の一年九ヵ月後に死んだのも、この悔しさのあまりだと言われたくらいである。

それ以降、加賀藩前田家ではお手伝い普請は、絶対に避けるべきとされてきた。

お手伝い普請は、作事奉行が計画し、老中が認可するという形を取ることが多い。

「今回ここを修復したいと存じまする。つきましては、このくらいの費用と日数が掛かりまするので、何々家あたりが担当するにふさわしいかと」

こう作事奉行が御用部屋へ提出し、

「よろしかろう」

老中が認めて、当該大名にお手伝い普請が命じられる。

つまり、作事奉行か、老中のどちらかを止められれば、お手伝い普請は避けられる。そのために、留守居役は必死で接待をする。

天下の美酒、美食を用意し、傾城《けいせい》の美姫を侍《はべ》らせる。こうして、印象をよくし、接待を受けたことへの喜び、感謝、借りなどを相手に持たせて、こちらの要求を呑ませる。

当たり前だが、老中の留守居役や作事奉行ともなれば、接待は受けなれている。なまじのことでは、心を動かすことはできない。

だが、そういった者たちでも、高尾太夫は呼べなかった。高尾太夫は吉原を代表するだけに、軽々しく接待などの座には出てくれないのだ。太夫と名が付けば、呼ぶにふさわしい財力と教養を持つ粋人たちだけが、馴染み客となることができ、初見の接待客なんぞに洟《はな》も引っかけてはくれない。高嶺の花のなかの花。その高尾太夫が宴席で、横に付いて酌をしてくれ、枕頭に侍る。

江戸中の男が夢に見る、うらやむ一夜を過ごせた。

当然、接待は大成功となり、老中の留守居役も作事奉行も、数馬への対応を最上のものにしてくれる。

その高尾太夫を吉原は、詫びとして差し出してきた。

数馬は、接待における切り札を手にしたも同然であった。

「いつなりとても、何度でも結構でございまする。遠慮なく、三浦屋へお出ましくださいませ」

「…………」

そう言った西田屋甚右衛門に、数馬は黙った。

本書は文庫書下ろし作品です。

|著者| 上田秀人　1959年大阪府生まれ。大阪歯科大学卒。'97年小説CLUB新人賞佳作。歴史知識に裏打ちされた骨太の作風で注目を集める。講談社文庫の「奥右筆秘帳」シリーズは、「この時代小説がすごい!」(宝島社刊)で、2009年版、2014年版と二度にわたり文庫シリーズ第一位に輝き、第3回歴史時代作家クラブ賞シリーズ賞も受賞。「百万石の留守居役」は初めて外様の藩を舞台にした新シリーズ。このほか「禁裏付雅帳」(徳間文庫)、「聡四郎巡検譚」(光文社文庫)、「闕所物奉行裏帳合」(中公文庫)、「表御番医師診療禄」(角川文庫)、「町奉行内与力奮闘記」(幻冬舎時代小説文庫)、「日雇い浪人生活録」(ハルキ文庫)などのシリーズがある。歴史小説にも取り組み、『孤闘　立花宗茂』(中公文庫)で第16回中山義秀文学賞を受賞、『竜は動かず　奥羽越列藩同盟顛末』(講談社文庫)も話題に。総部数は1000万部を突破。
上田秀人公式HP「如流水の庵」 http://www.ueda-hideto.jp/

愚劣《ぐれつ》　百万石《ひゃくまんごく》の留守居役《るすいやく》(十四)

上田秀人《うえだひでと》

講談社文庫
定価はカバーに
表示してあります

2019年12月13日第1刷発行

発行者──渡瀬昌彦
発行所──株式会社　講談社
東京都文京区音羽2-12-21　〒112-8001
電話　出版 (03) 5395-3510
　　　販売 (03) 5395-5817
　　　業務 (03) 5395-3615

デザイン─菊地信義
本文データ制作─講談社デジタル製作
印刷───大日本印刷株式会社
製本───大日本印刷株式会社

Printed in Japan

ISBN978-4-06-518104-1

講談社文庫刊行の辞

二十一世紀の到来を目睫に望みながら、われわれはいま、人類史上かつて例を見ない巨大な転換期をむかえようとしている。

世界も、日本も、激動の予兆に対する期待とおののきを内に蔵して、未知の時代に歩み入ろうとしている。このときにあたり、創業の人野間清治の「ナショナル・エデュケイター」への志を現代に甦らせようと意図して、われわれはここに古今の文芸作品はいうまでもなく、ひろく人文・社会・自然の諸科学から東西の名著を網羅する、新しい綜合文庫の発刊を決意した。

激動の転換期はまた断絶の時代である。われわれは戦後二十五年間の出版文化のありかたへの深い反省をこめて、この断絶の時代にあえて人間的な持続を求めようとする。いたずらに浮薄な商業主義のあだ花を追い求めることなく、長期にわたって良書に生命をあたえようとつとめるところにしか、今後の出版文化の真の繁栄はあり得ないと信じるからである。

同時にわれわれはこの綜合文庫の刊行を通じて、人文・社会・自然の諸科学が、結局人間の学にほかならないことを立証しようと願っている。かつて知識とは、「汝自身を知る」ことにつきていた。現代社会の瑣末な情報の氾濫のなかから、力強い知識の源泉を掘り起し、技術文明のただなかに、生きた人間の姿を復活させること。それこそわれわれの切なる希求である。

われわれは権威に盲従せず、俗流に媚びることなく、渾然一体となって日本の「草の根」をかたちづくる若く新しい世代の人々に、心をこめてこの新しい綜合文庫をおくり届けたい。それは知識の泉であるとともに感受性のふるさとであり、もっとも有機的に組織され、社会に開かれた万人のための大学をめざしている。大方の支援と協力を衷心より切望してやまない。

一九七一年七月

野間省一

〈既刊紹介〉

上田秀人作品◆講談社

百万石の留守居役《るすいやく》シリーズ

老練さが何より要求される藩の外交官に、
若き数馬が挑む！

第一巻『波乱』2013年11月　講談社文庫

外様第一の加賀《かが》藩。旗本から加賀藩士となった祖父をもつ瀬能数馬《せのうかずま》は、城下で襲われた重臣前田直作《まえだなおなり》を救い、五万石の筆頭家老本多政長《ほんだまさなが》の娘、琴《こと》に気に入られ、その運命が動きだす。江戸で数馬を待ち受けていたのは、留守居役《るすいやく》という新たな役目。藩の命運が双肩にかかる交渉役には人脈と経験が肝心。剣の腕以外、何もない若者に、きびしい試練は続く！

上田秀人作品◆講談社

第一巻
『波乱』
２０１３年11月
講談社文庫

第二巻
『思惑』
２０１３年12月
講談社文庫

第三巻
『新参』
２０１４年６月
講談社文庫

第四巻
『遺臣』
２０１４年12月
講談社文庫

第五巻
『密約』
２０１５年６月
講談社文庫

第六巻
『使者』
２０１５年12月
講談社文庫

第七巻
『貸借』
２０１６年６月
講談社文庫

第八巻
『参勤』
２０１６年12月
講談社文庫

第九巻
『因果』
２０１７年６月
講談社文庫

第十巻
『忖度』
２０１７年12月
講談社文庫

第十一巻
『騒動』
２０１８年６月
講談社文庫

第十二巻
『分断』
２０１８年12月
講談社文庫

第十三巻
『舌戦』
２０１９年６月
講談社文庫

第十四巻
『愚劣』
２０１９年12月
講談社文庫

〈以下続刊〉

上田秀人作品◆講談社

奥《おく》右《ゆう》筆《ひつ》秘帳 シリーズ

「筆」の力と「剣」の力で、幕政の闇に立ち向かう
圧倒的人気シリーズ！

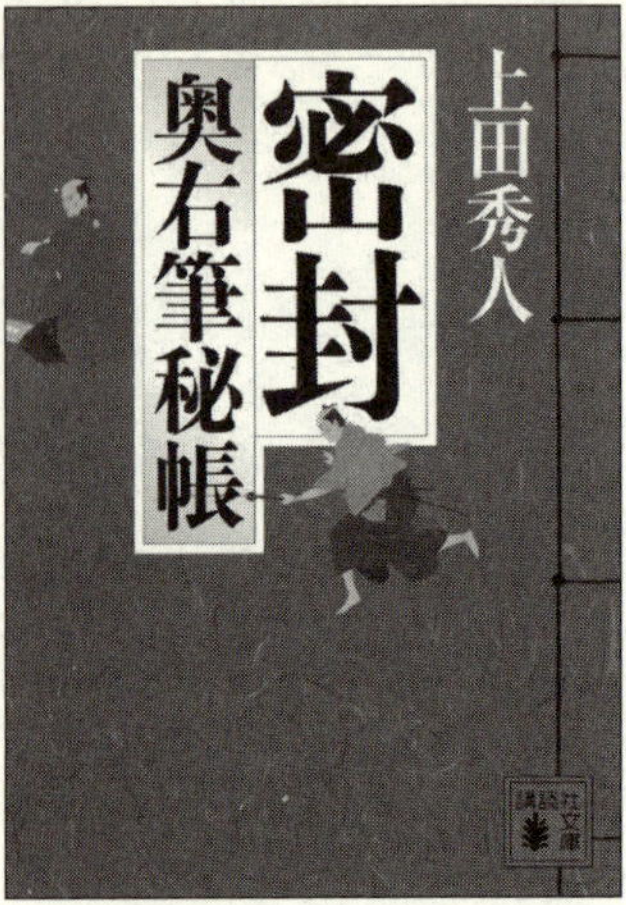

第一巻『密封』2007年9月 講談社文庫

江戸城の書類作成にかかわる奥右筆組頭《おくゆうひっくみがしら》の立花併右衛門《たちばなへいえもん》は、幕政の闇にふれる。帰路、命を狙われた併右衛門は隣家の次男、柊衛悟《ひいらぎえいご》を護衛役に雇う。松平定信《まつだいらさだのぶ》、将軍家斉《いえなり》の父・一橋治済《ひとつばしはるさだ》の権をめぐる争い、甲賀《こうが》、伊賀《いが》、お庭番の暗闘に、併右衛門と衛悟は巻き込まれていく。「この時代小説がすごい！」（宝島社刊）でも二度にわたり第一位を獲得したシリーズ！

上田秀人作品◆講談社

第一巻
『密封』
2007年9月
講談社文庫

第二巻
『国禁《こっきん》』
2008年5月
講談社文庫

第三巻
『侵蝕《しんしょく》』
2008年12月
講談社文庫

第四巻
『継承』
2009年6月
講談社文庫

第五巻
『簒奪《さんだつ》』
2009年12月
講談社文庫

第六巻
『秘闘』
2010年6月
講談社文庫

第七巻
『隠密』
2010年12月
講談社文庫

第八巻
『刃傷』
2011年6月
講談社文庫

第九巻
『召抱《めしかかえ》』
2011年12月
講談社文庫

第十巻
『墨痕《ぼっこん》』
2012年6月
講談社文庫

第十一巻
『天下』
2012年12月
講談社文庫

第十二巻
『決戦』
2013年6月
講談社文庫

〈全十二巻完結〉

前夜 奥右筆外伝

併右衛門、衛悟、瑞紀《みずき》をはじめ
宿敵となる冥府防人《めいふさきもり》らそれぞれの
「前夜」を描く上田作品初の外伝！

2016年4月
講談社文庫

上田秀人作品◆講談社

天主信長
〈表〉我こそ天下なり
〈裏〉天を望むなかれ

本能寺と安土城、戦国最大の謎に二つの大胆仮説で挑む。

信長の死体はなぜ本能寺《ほんのうじ》から消えたのか？　安土《あづち》に築いた豪壮な天守閣の狙いとは？
信長の遺《のこ》した謎に、敢然と挑む。文庫化にあたり、別案を〈裏〉として書き下ろす。
信長編の〈表〉と黒田官兵衛編の〈裏〉で、二倍面白い上田歴史小説！

〈表〉我こそ天下なり
2010年8月　講談社単行本
2013年8月　講談社文庫

〈裏〉天を望むなかれ
2013年8月　講談社文庫

上田秀人作品◆講談社

梟《ふくろう》の系譜 宇喜多四代

戦国の世を生き残れ！
梟雄と呼ばれた宇喜多秀家の真実。

織田、毛利、尼子《あまこ》と強大な敵に囲まれた備前に生まれ、勇猛で鳴らした祖父能家《よしいえ》を裏切りで失い、父と放浪の身となった直家《なおいえ》は、宇喜多《うきた》の名声を取り戻せるか？

『梟の系譜』2012年11月　講談社単行本
2015年11月　講談社文庫

軍師の挑戦 上田秀人初期作品集

斬新な試みに注目せよ。
上田作品のルーツがここに！

デビュー作「身代わり吉右衛門」（「逃げた浪士」に改題）をふくむ、戦国から幕末まで、歴史の謎に果敢に挑んだ八作。上田作品の源泉をたどる胸躍る作品群！

『軍師の挑戦』2012年4月　講談社文庫

上田秀人作品◆講談社

竜は動かず

奥羽越列藩同盟顛末

〈上〉万里波濤編
〈下〉帰郷奔走編

世界を知った男、玉虫左太夫は、奥州を一つにできるか？

仙台の下級藩士の出ながら、江戸で学問を志した玉虫左太夫に上田秀人が光を当てる！
勝海舟、坂本龍馬と知り合い、遣米使節団の一行として、世界をその目に焼きつける。
郷里仙台では、倒幕軍が迫っていた。この国の明日のため、左太夫にできることとは？

〈上〉万里波濤編
2016年12月　講談社単行本
2019年５月　講談社文庫

〈下〉帰郷奔走編
2016年12月　講談社単行本
2019年５月　講談社文庫

上田秀人公式ホームページ「如流水の庵」
http://www.ueda-hideto.jp/

講談社文庫「百万石の留守居役」ホームページ
http://kodanshabunko.com/hyakumangoku/

講談社文庫「奥右筆秘帳」ホームページ
http://kodanshabunko.com/okuyuhitsu/

講談社文庫 目録

2019年9月15日現在